万能少女旅店

Omnipotent
Girl
Hotel

夏不绿 著

北京时代华文书局

图书在版编目（CIP）数据

万能少女旅店 / 夏不绿著. -- 北京 : 北京时代华文书局, 2017.3
ISBN 978-7-5699-1493-1

Ⅰ. ①万… Ⅱ. ①夏… Ⅲ. ①故事－作品集－中国－当代 Ⅳ. ① I247.81

中国版本图书馆 CIP 数据核字 (2017) 第 056461 号

万能少女旅店
Wanneng Shaonü Lü dian

著　　者 | 夏不绿

出 版 人 | 王训海
统筹监制 | 余　玲
选题策划 | 曾　丽
责任编辑 | 曾　丽　石乃月
装帧设计 | 新艺书文化　段文辉
责任印制 | 刘　银　范玉洁

出版发行 | 北京时代华文书局 http://www.bjsdsj.com.cn
北京市东城区安定门外大街 136 号皇城国际大厦 A 座 8 楼
邮编：100011　电话：010 - 64267955　64267677
印　　刷 | 北京卡乐富印刷有限公司　电话：010-60200572
（如发现印装质量问题，请与印刷厂联系调换）
开　　本 | 880mm×1230mm　1/32　印　张 | 8　字　数 | 174 千字
版　　次 | 2017 年 7 月第 1 版　印　次 | 2017 年 7 月第 1 次印刷
书　　号 | ISBN 978-7-5699-1493-1
定　　价 | 39. 80 元

万能少女旅店

目录

CONTENTS

CONTENTS

纸片少女

瘦子才可以拥有最好的一切

纸片少女

特征

Characteristics

要么瘦，要么死。

纸片少女遵从的人生态度是，瘦子才可以拥有最好的一切。

每天都会称体重，只要长胖一斤就觉得人生快要崩塌了。

衣柜里有最小码的衣服，那是督促她面对每日生活的物质良药。

说胖子可爱的，不过也是仗着自己是个瘦子吧！

>>>1

纸片少女实在是太瘦了。我亲眼见过她一天只吃了两片吐司和一小碗鸡胸肉，却还要运动半个小时来消耗热量。她是模特，一米七五，连八十斤都不到。看着她那瘦得凸显而出的肋骨和随时好像会折断的腰肢，我不得不承认一句话：美丽的东西，都是易碎的。

十六岁开始，纸片少女就入了行，现在纸片少女二十六岁，在模特这个行业里年龄不算小了，但她一直不温不火，只出席一些时装秀，给一些时尚杂志拍拍片，因为从小到大成绩一直很优异，所以她也从不留恋这个圈子。

纸片少女大学读的金融，一毕业就穿上规规矩矩的职业装奔赴这个纸醉金迷的圈子，认识了许多有头有脸的人物。她工作能力强，加上长得漂亮，很受上面器重。如果一直做这一行，可以说前途无量，但不到一年，她就辞职了。

她一个人坐在阳台上，光着脚，蜷曲着身子，手边放着好几个酒瓶。这间单身公寓是她大四那年租下来的，之后一直没搬过家，家具也只有那几件，但都是很好的德国货。

我问她为什么辞去工作。她说："没意思，累了。"纸片少女喝干手里的酒，酒瓶扔到一边，"一群人表面上人模狗样的，背地里不知干了多少肮脏事。看不惯他们当面一套背后一套的样子，没意思！"

"职场都大同小异。"我说。

"是啊，但我有选择的权利。"纸片少女举起酒杯，冲我笑笑，"不是吗？"

业余时间，纸片少女会帮人做一些理财管理方面的事，但大多数时间她都在做模特。

大冬天跟其他模特一起，被拉到冰天雪地里拍片子，要求只穿一件薄纱的衣服，还要表现出非常淡然的神态。瘦子本来就怕冷，瘦得跟竹竿似的纸片少女站在雪地里，披着厚重的羽绒服，瑟瑟发抖，但只要摄影师一喊“开拍”，她立马就能脱掉衣服，摆出各种被要求的姿势，好像这漫天白雪只是虚假的道具。

我真是不喜欢这种劲儿的姑娘，仿佛只要是她们想要的东西，就没有得不到的。她们既漂亮又聪明，永远端着最好的姿态，不容自己稍有懈怠，即使看上去懒散随意，也走得比常人潇洒光鲜。

>>>2

纸片少女在青春期时就是那种永远仰着脖子、挺直脊背、抱着一摞书，不急不慢地行走在校园里的风景。稍有自知之明的男生都不敢喜欢这种女生，而女生们最大的梦想则是跟纸片少女这样的女孩做朋友，却又不敢太过亲近，怕被她身上自带的冷气伤到。成绩好、长相佳、家境又不错……好像上帝在造人的时候，别人都是在流水线上生产的，只有纸片少女是花了七天七夜手工打造出来的，匠心独运。

纸片少女告诉我，这二十几年来，她就输过一次。

那次半夜，她一个人狼狈地走在大街上，哭成个泪人，脚上还穿着七厘米高的高跟鞋。我知道，她说的是和初恋男友分手那次。

纸片少女上大学后，认识了一群朋友，跟着他们混圈子，初恋男友是一个富二代，吃穿用度是那群人里最好的。纸片少女说她一开始并不喜欢他。虽然她喜欢钱，但不喜欢这种从出生就坐享一切的人，不过几次接触下来，她发现他并不是自己所想的那种绣花枕头——他喜欢登山攀岩，经常参加一些文化沙龙，高中时还得过一个小有名气的文学比赛二等奖。他追纸片少女也追得很用心，没用滥俗偶像剧里的气球、玫瑰，而是一个人去海边捡回来很多贝壳，自己手工打磨后，用刀片在上面一刀一刀地刻出纸片少女的侧脸头像，刻好十几个完全不同的头像后，他把贝壳穿孔，用一条麻绳穿起来做成项链送给纸片少女。

这种示爱方式简直太诗意了，既表达了心意，又顺便来了个才艺展示。纸片少女纵然再孤傲，也是没谈过恋爱的小女生，哪里经得住这个。两个人在一起后，他们一度成为朋友圈的模范情侣。男才女貌，天作之合，如同所有电影里才貌匹配的男女主角。

为了迎合男友的吃穿用度，不让他在朋友面前丢脸，纸片少女接了很多工作。之前她只是对模特这一行业好奇，喜欢穿那些漂亮的衣服，后来这些就成了她赚钱的一种工具。有时为了接一个一天一百块钱的工作，纸片少女要一大早起来化妆，穿上超高的高跟鞋到指定地点，面带微笑地站一整天。天知道那有多累，可是纸片少女从没告诉过男友这些。男友生日那天，她送的礼物是一块手表，这对当时的她来说，已经是非常昂贵的了。她是看了好久，才选中的这块手表，然后省吃俭用又努力赚钱才买了下来。但是到了男友的生日会上她才发现，男友的朋友们随随便便一出手的礼物，价格都是那块手表价格的好几倍。

“那时太不成熟了，以为钱可以证明爱情，以为有了很多很多的钱，才可以去匹配一份等价的心意。”

纸片少女在外做模特的事，传到了男友的耳里。他觉得丢人，自己的女友竟然在外做模特，他心里接受不了。

“我养你啊！我有钱。”男友对纸片少女说，“你赶紧辞了工作，好好待在我身边就行。”

纸片少女心气高，哪受得了这个，她说：“你有钱？还不是啃老！你凭什么来养我？我又没杀人没抢劫，我赚的钱都是干干净净的，比你家里的钱来得干净得多！”

男友听到最后一句，直接怒了。当时他们正开着车准备去度假村休假，路上荒无人烟，男友把车一停，冷冷地对纸片少女说了句：“下车！”

纸片少女二话没说，拉开车门，踩着七厘米高的高跟鞋离开，一直沿着宽阔无人的大马路往回走，全程没有回过一次头。

后来，已经成为前男友的他在朋友面前，说了这样一句话：他可能这辈子都不会再遇到像纸片少女一样执拗的人了。那天，纸片少女下车后，他一直看着后视镜，他心里想，只要她回头一次，就一次，他立马掉转车头，回去找她——可是她没有。“太犟了。我没法和她在一起。”他说，“我爱她，可也正是因为太爱她，才无法继续和她再在一起。总有一天，我会被她伤得体无完肤……”

纸片少女不按常理出牌，跟过去他身边那些小鸟依人、百依百顺的女生完全不同。他没有信心可以永远抓住纸片少女的手，他觉得她就像风，暂时停驻，总有一天还会吹向更遥远的地方。

从小优渥的生活条件，本能地让他选择更安全的关系。这两个人，都太爱自己了，所以一嗅到危险就都赶紧逃跑。不过，他已是纸片少女最真心爱过的人了，此后的恋爱，都是将就。

和男友分手后，纸片少女的体重曾一度暴涨到一百斤。对我们这些普通人而言，她依然是瘦的，可纸片少女受不了，她直接进入辟谷状态，七天不吃东西只喝水。我去她家里，见她饿得躺在床上一动不动，以为她昏了过去，正要打电话叫120，她又徐徐睁开眼来，冲我说："帮我去厨房冲一杯蜂蜜水来，蜂蜜只加一勺，快……"喝了蜂蜜水的纸片少女缓过来一些，她坐直身子，两眼无神地望着我，"明天就可以吃东西了，你可以帮我去农贸市场买点新鲜的蔬菜和水果吗？我准备先吃水果和水煮青菜，再缓两天。"

我见过对自己狠的，但没见过对自己这么下得去手的。用了大半个月的时间，纸片少女的体重又恢复以往——穿着衣橱里最小码衣服的她，又打扮得光鲜亮丽地出入各种朋友的聚会，好像之前发生的事情早已在她心里死得稀巴烂，再也没有什么可以打倒她。

>>>3

辞职后不久的纸片少女，去参加了一次大学同学的聚会。聚会上聊的话题都是"自己这几年怎么怎么了"，个个摆足了姿态。以前纸片少女是学校里的风云人物，跟那个富二代的恋情也曾被渲染得有声有色，很多人都以为她从此走上了康庄大道，没想到后来分了手。纸片少女这样的女孩无疑总是有人嫉妒，当年她做模特的事又被一些心怀恶意的人翻出来，夸张渲染得有模有样，还把她一个正经模特直接说成了"野模"。这次，纸片少女出现在聚会上，大家关注的焦点无疑都在"现在做什么""男友是谁"等问题上。

纸片少女穿着最新款的香奈儿套装，出现后自然地跟相熟的几个朋友坐一起闲聊，但很快她发现，彼此的生活境遇在毕业后发生了太大的变化。其中一个朋友已经结了婚，有了小孩，三句话不离老公孩子，完全没有自我意识。另一个朋友在一家外企上班，今年刚升了部门经理，语气间已然不是当年那个青涩的女孩，多了少许傲慢和不屑。当大家问到纸片少女现在的工作时，她耸耸肩轻松道：“还是做模特，赚点闲钱。”

大家面面相觑，其中一个朋友性子急，直接说：“模特这一行可是吃青春饭的，当初你成绩那么好，干吗非得抓住这个职业不放？又不赚钱，外面不懂的人还会说闲话。”

此时，纸片少女已经端起酒杯，用笑容回应她：“祝你们前程似锦！”言外之意是：老子的生活，关你们屁事。纸片少女懒得解释，她对自己想要的东西太过清楚，以至于穿到稍有不合适的鞋，即使再昂贵，也会毫不犹豫地扔掉。如果说，人的一生真要有什么宿命，那她的宿命不过是耗尽一生的时间，去追寻一个所谓的“自由”。自由地爱，自由地看，自由地欢喜和悲伤。然而，自由所需要的代价太大太大，它需要的不仅仅是经济独立和人格独立，还有冲破种种世俗定下的奇规怪矩。

纸片少女和我说，她在存一笔钱，存够了就去巴黎。那里的女人即使衰老也是优雅的。她说她不愿像家乡的朋友、旧日的同学那样，二十多岁就看到了自己六十岁的样子，那么早结婚生子，逢人提到的不是丈夫孩子便是房子车子，深深地陷入生活这团棉花里，不愿抬头。

>>>4

二十七岁生日那天，有个开着豪车的中年男人抱着一大束香槟玫瑰送给纸片少女。看得出来，对方很喜欢纸片少女，但她只是淡淡然接过后说了句不痛不痒的“谢谢”。后来大家喝酒唱歌，那人也安静地坐在一边，目光却未从纸片少女身上移开过一刻。大家都问纸片少女和他是怎么认识的，纸片少女只是说，他是她以前的一个客户，她帮他做过理财管理，一来二去，两个人就认识了。

“那你现在岂不是知道他的资产了？”

“那又怎样？”纸片少女露出不屑的神情，“以后我自己也能赚那么多钱。”

“他长得也不错，看上去蛮沉稳的，不试试？”

纸片少女眨眨眼，露出不知意味的笑容：“再说吧。”

我知道她在担心什么，和这种事业有成、其他条件又不差的男人谈恋爱，永远要防止心碎。纸片少女想起自己的初恋——大冬天一个人走在荒无人烟的街道上，那种无助和心碎，她一辈子也不会忘记。

纸片少女一直和这个男人保持着客气的距离，他所有业务上的事情，她都亲自去他公司处理。她穿着职业套装，看上去俨然是他公司的一名普通员工。她坐在他旁边的办公桌前，手边堆着一大摞资料，仔细地对账查账。男人则坐在自己的大办公桌前，做着自己的事，不时地抬头往纸片少女的方向看一眼。

他问她要不要喝点什么，纸片少女头也不抬一下：“白水就行。”

“要不要喝咖啡？”

“不喝，热量高。”

“你已经很瘦了。”

这时纸片少女抬起头来，跟他作对似的：“那我不喝还不行吗！”

男人无奈，摆摆手，让助理端了杯水进来。

做完事，纸片少女把东西交还给他，起身要走。

“不如一起吃个晚饭？”男人提议。

“吃什么？”

“你喜欢吃什么，我们就吃什么。”

然后纸片少女把他带到小吃一条街去。那里人头攒动，一片烟火气息。纸片少女在一家卖麻辣烫的小店停下，坐在油兮兮的座位上，两个人共吃一碗麻辣烫。

“我不能吃太多，吃几口后就都是你的。”纸片少女边吃边说，“这家麻辣烫是我迄今为止吃过的最好吃的一家，以前晚上收工常跟其他工作人员一起来吃，常常不小心就吃多了，害得自己第二天只敢吃一个水煮蛋。”

“其实之前，我就听说过一些你的事情，你在一家很出名的金融公司做过。”他说，“虽然我不知道你为什么会辞职选择这个行业，但我想你一定是出于热爱吧。我记得村上春树有句话：喜欢的事自然而然就坚持下来了，不喜欢的事怎么也坚持不了。”

“你还读村上春树？”纸片少女挑起一边眉毛，显出很吃惊的样子。“我以为像你们这种大老板每天都读企业管理学，研究股票，不看这些杂书呢！”

“那岂不是很无趣。”他笑道，“对旁人自然不会说这些，每个人都有一副面具，在不熟的人面前就会戴上，但是你不一样，在你面前，我愿意什么都告诉你，卸下那副面具。”

“什么都愿意告诉我？”

“是的。”他慎重地回答。

“可是我对你并没有什么想问的。”纸片少女的这招真是太狠了，把一个做好准备全盘交代的人，就这样一盆冷水，瞬间浇灭了他的所有期待和热情。但他毕竟不是二十出头的小男生，应付起这些来，还是有自己的分寸的：“那我可以问你吗？”

“你要问什么？”

“你的梦想。”

纸片少女点了份绿豆汤，用勺子一小口一小口地舀着吃：“梦想是拿来实现的，又不是拿来说的。”

“你知道我喜欢你什么吗？就是这股伶牙俐齿的劲儿，对任何事、任何人都按照自己的脾气来，率性而为，却又让人讨厌不起来。”

“你错了，讨厌我的人多着呢！”

“你在乎吗？”

“不在乎！”

“做我的女朋友吧，我会尽力帮你实现一切梦想。”

纸片少女翻了个白眼：“我的梦想里，可没有你。”

但那天后，纸片少女就和他在一起了。她离开那间住了多年的单身公寓，搬去和他一起住。除了做模特外，其余时间她都在帮他做财务方面的事。他会在她深夜收工后开车去接她，两个人再一起去夜市吃宵夜。

纸片少女说："和他在一起算不上有多爱，但就是踏实，感觉自己终于有了归属。"

和他在一起一年，纸片少女借助他的人脉和资源，赚了不少钱。她说她存够去巴黎的钱了，是时候道别了。

"你不说你找到归属了吗？"我吃了一惊，"怎么还是要走？"

"他是我的归属，但不是我的梦想。"纸片少女说，"对我而言，梦想比归属更重要。"是啊！我都差点忘了她是纸片少女，她是可以七天七夜不吃不喝达到减肥目的的女生。只要是她想要的，就没有得不到的。

纸片少女偷偷办好了签证，直到要离开的前两天，她才把这事告诉他。他自然又生气又愤怒，问这不是在玩他吗。

"我没玩你，我是真心实意地喜欢过你，但爱情从来不是我的梦想，我想要去其他国家生活，做自己喜欢的事。你不是要帮我实现梦想吗？这就是我的梦想。"纸片少女就这样走了。

走的那天，他送她到的机场。一路上两人都没说话，临下车前，他说："我不送你进去了，毕竟你以后要走的路，也不会有我。"

"好。"纸片少女没有看他，垂着眼睛。

他侧身伸手，从后座上拿过一个牛皮纸袋，递到纸片少女面前："送你的礼物，你喜欢的香水和口红。"

"谢谢。"纸片少女转过头来，眼里闪烁着亮晶晶的光，她冲他笑笑，"我真的喜欢过你，这点毋庸置疑。"纸片少女拉着行李箱，走得很坚决，手里紧紧地拽着牛皮纸袋，背影跟当年从初恋男友车上下来离开时的姿态一

模一样。

纸片少女的人生准则只有一条：永远向前，不容后退。即使有一天她后悔曾经的选择，也不会对过去抱有遗憾。所有道路，只能向前，人生是见识，不是活着。

我不知道纸片少女现在的状况，或许她在巴黎已过上了梦寐以求的生活，但我相信，于她而言，从来没有完美的生活，一旦站稳了脚跟，她又会寻找新的目标。她用奔跑，告诉所有人：她不回头。

酒妹

酒的作用，唯有快意

酒妹

特征

Characteristics

酒的作用，唯有快意。

只要还能喝酒，人生就没有过不去的坎。

杜拉斯说："酒精就是为了让我们可以承受世界的空茫、星球的摇摆，承受它们在空间永不停止地转动，承受它们面对你的痛苦漠然地沉默。"

酒妹在喝过无数种酒后，在朋友圈发了一条"我同醉酒的你，十分愉快"，之后开始戒酒。

>>>1

KTV里的声音震耳欲聋，大家声嘶力竭地唱着情歌。酒妹和好哥们儿摇着骰子，喝着酒，他们已经开了两瓶红酒，喝了一箱啤酒了。KTV永远是两伙人的主场：一类是唱歌的，另一类就是像酒妹这样喝酒跟打架一样拼的。

酒妹爱喝酒是出了名的，酒量好也是出了名的，所以身边江湖气的朋友很多，一有喝酒的活动，他们也铁定忘不了酒妹。

关于酒妹的“英勇”事迹，流传下来的有两件。

第一件事是，酒妹和交往了四年的前男友分手——是酒妹提出来的。前男友死缠烂打，不肯分手，还每天去骚扰她的生活。酒妹烦得要死，恨不得找人暴打他一顿。最后朋友出来调和，把他们约到以前常去的一家酒吧。结果前男友在里面撒泼打闹，就是不肯放酒妹走。忍无可忍的酒妹差点把桌子掀了，最后起身拎起对面前男友的衣领，吼道：“你还成黏皮糖了是不是？你到底要怎样才肯分手！”

前男友被酒妹这么一闹，肾上腺素激增，一冲动直接撂下狠话：“分手可以，只要你能把这条酒吧街上所有家的酒全部喝一遍！”

酒妹松开他的衣领，像是嫌弃一样拍了拍手，豪迈地说了声：“好！”

然后两个人就开始喝酒，从所在的这家酒吧开始，每人喝五杯，喝完再去下一家，看谁先喝光。酒妹直接拿起瓶子就喝，咕噜咕噜干完五杯酒的量，眉头都没皱一下。喝到第三家的时候，前男友喝吐了，跑到洗手间吐了一会儿，脸红红的，像是要杀人似的神情，没来由地大吼了一声，冲到吧台又喝了起来。而一旁的酒妹一副云淡风轻的姿态，喝完五杯后，就出门朝下一家走去。其实眼尖的人能看出来，酒妹脚步有些摇晃，但一般人很难看那么仔细，所以大家都觉得酒妹稳操胜券，前男友那样子，别说五杯，再喝三杯，铁定倒下。

在喝到第四家的时候，酒妹的胃里也涌出一阵恶心的感觉，她差点就冲进洗手间，但朋友们都看着，何况前男友也已经喝红了眼，她可不能长他的志气。最后，酒妹真的是硬生生地忍了回去，把点的酒都喝光，问服务生要了杯热水，缓解身体的不适感。

喝完第四家，两个人明显都感觉有些吃不消了，前男友还在大呼小叫，说自己还能喝，一定要喝赢酒妹。酒妹端着温开水慢慢喝，一句话也没说。

结果两个人在走出酒吧门口的时候，前男友被什么东西绊了一下，一下子摔在了地上。本来酒精就已经让他脑袋昏昏沉沉，身体也重得像拖着铅块一样，这一摔让他徒劳地挣扎了好几下，都没能再起来，而周围的人，也没有谁站出来去拉他。

酒妹就这样赢得了这场喝酒比赛。虽然是因为意外状况，胜得不那么坦然，但这件事传出去之后，谁还顾得上这个小意外，故事的版本最后统一成了一个：酒妹跟前男友拼酒，酒量直接甩下他一条街。

酒妹的好酒量，就是那个时候众所周知的，但其实酒妹自己知道，如果前男友没摔那个跟头，先败下来的很有可能是她。酒妹是知道前男友的酒量的，所以，她从一开始就只是强装镇定，想着不能在气势上输给他，利用了前男友急躁的心理，她不过是把所有胜算都赌在了运气上。

>>>2

第二件事，跟林凛有关。

林凛，就是当初在酒吧门口伸脚绊倒酒妹前男友的人。当时他在酒吧喝酒，看到一群人涌进来，围在吧台处。抱着凑热闹的心态，他过去看了一眼，听到一旁的人在议论酒妹和前男友喝酒的赌注。他一眼就看出来，酒妹再喝下去肯定输了，于是在他们离开的时候，他偷偷伸出脚，绊倒了酒妹的前男友。

之后的机缘巧合之下，林凛和酒妹通过朋友互相认识了，林凛把这事当成玩笑，告诉了她。当时酒妹表情惊诧，问他为什么要帮自己。

“一个大男人，分个手还磨磨叽叽的，还让自己喜欢的女人喝了那么多酒，是个人都会看不下去，出‘脚’相助的！”

当时林凛有个女朋友，交往了一两年，两个人关系稳定，所以一开始，酒妹也没想太多，只把林凛当朋友。平时大家一起出去玩，林凛总是温柔又周到，能顾虑到每个人的感受和喜好，在朋友中，他的人缘也是最好的。

酒妹不喜欢吃葱，点菜的时候，林凛总是避开葱多的食物，如果看到酒妹碗里有葱，他会主动帮她夹走。有一次酒妹生理期，大家还劝她喝酒，也是被林凛挡下的。后来酒妹问他是怎么知道自己在生理期的，林凛说，因为这么热的天她都不喝冰水，所以就猜到了。

想要不喜欢林凛这样的男生，实在太难，而在长时间的相处中，林凛也渐渐地对酒妹产生了好感。于是林凛和女友分手，希望能跟酒妹在一起。分手的过程是痛苦的，林凛为了保护酒妹，没告诉女友分手的真正原因，只是说不喜欢了，可是他的女友也不是省油的灯，吵吵闹闹地最后打听到了酒妹的事，立刻带上她的几个闺密朋友去找酒妹麻烦。

酒妹和朋友合开了一家很小的咖啡馆，林凛女友带着人找上门去，气势汹汹，把店里的客人都吓了一跳。其实这种事本来应该找个私密的场合，两个人单独谈谈，可林凛的女友性格冲动，做事缺少分寸，看到正站在吧台洗咖啡杯的酒妹后，她也不知道自己是怎么想的，走过去直接一把夺过酒妹手里的杯子，然后“啪”一声摔在了地上。

事情开始朝最坏的方向行进。酒妹认出眼前的女孩是林凛的女友，但一点也没露出惊慌或者别的神色。

“你这个第三者，抢我男朋友居然还能这么镇定地站在这里！简直不要脸！”林凛女友冲她大声吼道。

店里的客人纷纷把目光投向这两个女孩，甚至有人拿出了手机，准备把这精彩的一刻拍下来传到网上。幸好酒妹的朋友手脚麻利，迅速过去招呼着，让那些客人离开了店里，也不收他们的钱了。酒妹从吧台后面走出来，很礼貌客气地让他们先坐下，还问他们要不要喝点什么。酒妹的朋友已经拿出手机准备拨打110，却被酒妹拦住。

林凛的女友不客气地看向酒妹，说道：“林凛是我的男朋友，我劝你不要在他身上打算盘了，我要你以后都不准再出现在他面前！”

酒妹眨眨眼，干脆利落地回答道：“不可能！”

林凛女友骂了句：“狐狸精！”

“你们已经分手了，不是吗？而我跟林凛还没有交往，所以严格意义上算来，我并不是你们感情的第三者。”

林凛女友的眼睛瞪得跟铜铃一般：“那你喜欢林凛吗？”

“喜欢！”酒妹毫不犹豫地回答道。

“那可不行！他是我的男朋友，我不准你喜欢他！”林凛女友开始撒泼，看到什么砸什么。酒妹和她的朋友过去拦住她，结果林凛女友带来的朋友冲过来，和他们打作一团。

“你到底要怎样才肯罢手？”酒妹生气了，拉住林凛女友的手，直勾勾地盯着她，“你们已经分手了，你再怎么闹都没用的！我知道你心里不好受，但你跑到这里来闹事，只会让林凛更加厌烦你。”酒妹继续说，“你提个条件，除了让我离开林凛这种没可能的事外，我要做什么才能让你解气？”

林凛女友像个泄气的皮球，但表情依然坚毅，在对峙了十几秒后，她开出了自己的条件：“好，只要你能喝完一整箱酒，我就成全你们两个，但你要是喝不完，就必须离开林凛！”

酒妹想了想，最后答应了她。

林凛女友叫朋友去附近商店买了一箱酒回来，然后全部打开，让酒妹喝。

啤酒胀肚，喝了几瓶下去，酒妹就有些受不了了，她想去洗手间，结果被对方拦住：“不许去，要去也得全部喝完才可以！”

“喂，你别这么霸道行不行？”酒妹朋友看不过去了，想为她说几句话，却被酒妹拦住。

酒妹一瓶瓶往肚子里灌，林凛女友嚣张地坐在对面，看着酒妹喝得那么难受，冷不丁来一两句：“喝不下就别逞强，输了也没什么不好意思的。”

酒妹不理她，继续喝。喝到最后，一瓶酒至少要喝上十分钟才能喝完。等到酒妹艰难地喝完最后一瓶酒的时候，她站了起来，“咚”一声，把手里的空瓶子重重地落在桌上，露出胜利的笑容：“我赢了，你可以离开这里了吗？”

林凛女友一脸惊愕，她没想到酒妹居然真的喝光了所有的酒。林凛女友记得自己之前做出的承诺，就算心有不甘，也只能践行诺言。

这次喝酒，正值酒妹的生理期，之后的几天里，她都虚弱地躺在床上，几乎不能动。林凛知道后，很生气，说是要让前女友过来跟酒妹道歉。酒妹脸色苍白，笑笑说：“不用了，有你在我身边就够了。”

>>>3

酒妹就这样和林凛在一起了。交往期间，彼此都很快乐，林凛工作空闲了就会去酒妹的咖啡馆里找她，给她和朋友带很多好吃的。情人节那天，他买了九百九十九朵玫瑰，让人用车子送到店里，把咖啡店布置成了玫瑰花房。林凛浪漫又懂得分寸，酒妹性格内敛不多话，林凛知道她内心的温柔，所以总是一遍遍告诉她，自己爱她，想要和她永远在一起。

交往半年后，林凛用自己的积蓄在市区按揭买了一套公寓，让酒妹搬来和他住。两个人一起去家居商场挑选沙发、床，小到家里用的杯子，两人也会互相征询对方的意见。墙纸是酒妹选的，她喜欢深绿色的，并买了很多电影海报张贴在书房。林凛过去不爱看电影，但是跟酒妹在一起后，陪着她一次次看完那些艰深难懂的影片，并记下了许多小众电影导演的名字。

酒妹和林凛的共同朋友都是一群酒鬼。平时出去吃饭，大家不醉不归，凌晨吃烧烤喝啤酒，不喝到尽兴谁都不准走。酒妹酒量好，常常被人劝酒，林凛每次都帮她挡酒，被大家嘲笑是爱老婆爱到不要命。

这样的感情基础和深度，无论是当事人还是周遭的朋友，都觉得他们会一起到老。酒妹已经把和林凛一起住的公寓当成自己的家，她甚至买来锅碗瓢盆开始学习做菜，学习如何当好一个妻子。林凛每天努力工作赚钱，闲暇之余就带着酒妹出去旅行。那真是一段神仙眷侣般的日子。可是最后，林凛却没能够娶她。

林凛的父母早年离异，他由母亲一手带大，小时候生活得很清苦，长大后家里的生活条件才稍微宽裕一些。大学毕业后，林凛便没再和母亲一起生活，一个人留在这座城市打拼，而他的母亲结识了一位美籍华人，两人相恋，一起在国外定居了。现在，林凛的母亲手里有了些钱，想要儿子过上更好的生活，也想让他搬到国外和自己一起生活。她强烈建议儿子要到国外留学，二十五六岁的年纪，着急结什么婚呢！

林凛的母亲回国后，在林凛的介绍下，见过一次酒妹。说实话，酒妹身上真的没有一点不让人喜欢的地方，可林凛的母亲为了让林凛和自己一起生活，坚决不同意他们继续交往。她说像酒妹这样的女孩子，大街上一抓一大把，而且他们两个人还没结婚，她就堂而皇之地搬进男方的家里住，实在是居心叵测。

酒妹做了很多努力，想让林凛的母亲接受自己，但每次都无功而返，被他母亲的几番当面辱骂弄得精神崩溃。

“我觉得我没办法和你母亲相处，林凛，你必须作出选择。”酒妹泪眼蒙眬地望着林凛，“这不是亲情和爱情之间的选择，因为我也是你的亲人，这是在你所爱之人中的一个选择，我和她没办法共处。我不希望你伤心，但是现实让你必须有个抉择。”

林凛找到母亲想要进行调和，结果母亲一哭二闹三上吊，甚至不知道从哪里搞来一张抑郁症诊断的单子，说林凛再这样逼她，她就不活了。林凛被戳到痛处，只能暂时听从了母亲的话。他把公寓留给了酒妹，说等过一段时间，他母亲的情况好转些再回国找她。

林凛一方面是被母亲胁迫，另一方面是他真的想提升自己，也想趁这段时间努力念书拿个证书回来。在国外最开始的半年，林凛每天都偷偷跟酒妹视频聊天，国际话费再贵他也会打电话和酒妹聊一两个小时。这期间，酒妹和朋友一起经营的咖啡馆翻修了一次，生意比从前更好了，其余没什么变化。比起身处在国外，每天都会有不同发现的林凛来说，酒妹的生活显得枯燥乏味。

林凛不在身边的日子里，酒妹不记得自己喝过多少次酒。她对自己和林凛的未来其实毫无安全感，她不知道自己要等到哪一天，林凛才会回国。或许明天，或许再也不会。酒妹一直努力赚钱，她想要存够往返的机票钱好去看一次林凛。可是在她还没有去的时候，林凛突然打来电话告诉酒妹，他可能再也不会回来了。

除了林凛，没人知道事情是如何发展到这一步的，就连酒妹自己，都没有觉察到林凛的变化，她还每天守着手机，等他再打来电话。酒妹唯一知道的是，他们每天通话的时间越来越短，她以为是最初的那份热情在慢慢消失，沦为一种常态，但林凛却说，他不会回来了。

酒妹当场就哭了，她问，如果她现在过去找他，他们还有没有在一起的可能。

林凛在电话那头沉默了很久，过了一会儿他才回答她："对不起，我想我们只能走到这一步了……"

林凛托国内的朋友帮忙，把公寓更名给酒妹，随后便杳无音讯。

失恋后的酒妹每天都流连于酒吧，不喝到大醉被朋友拖走，绝不回家。她去找林凛的朋友，想知道林凛在国外的具体地址，但他的那些朋友纷纷表示他们也不清楚。

酒妹蹲在地上号啕大哭："求你们告诉我吧！我想去找他……"

谁会想到，当初那个为了甩掉前男友喝过一条酒吧街的酒的女孩，现在为了另一个男生竟会变成如今这般模样。大抵爱情就是这样吧，你亏欠在别人身上的，终究会偿还在另一个人身上。酒妹沉迷于自暴自弃的状态，谁都无法拯救她——深陷爱情里的人，向来只能自救。

分手后的两个月里，酒妹把身体喝坏了。医生让她戒酒，不能再喝下去了，否则会喝出病来的。

酒妹叹了口气，说："我的生活里，已经没有什么值得让我快乐的事了，再不喝酒我真的会废掉。"

>>>4

然而，并没有真的废掉。

酒妹花了足足两年的时间，才从这段感情里挣扎着走出来。如今，她看上

去和几年前还没认识林凛的时候一样，充满了希望和活力，但只有酒妹自己清楚，外表再完好，内里坏了，也是没法再跟从前一样了。

从朋友那里，酒妹也听来一些林凛的近况。他好像已经结婚了，结婚对象没人清楚是谁，只知道他生活得很好，至少表面看上去是这样。

酒妹一直不明白，当初的林凛为什么说分手就分手了。后来的某一天，她在网上看到这样一句话：输给现实的爱情，其实一点都不可耻。最后那些没有在一起的爱情，就像一张没有完成的试卷，可能会成为遗憾，也可能会如释重负地松一口气。爱情是消耗品，世俗的生活基础才是我们活着的一切条件。那些为爱情克服一切困难的人，固然值得我们尊敬和颂扬，但并不意味着败给现实的爱情就一文不值。

林凛没有克服那些困难，但并不代表他不爱酒妹。感情的事，向来如人饮水，冷暖自知。

相爱一场，彼此把青春耗费，都是一场需要勇气的赌博。赢了当然可喜，输掉了也没什么可惜，因为并不是人人都愿意耗费时间来陪你两败俱伤。

酒妹在朋友圈发了一条消息：我同醉酒的你，十分愉快。

从此开始，她不再喝酒。

Love
98
Bar

夜店女孩

虽然我抽烟、喝酒、文身，
但我是个好女孩

夜店女孩

特征

Characteristics

穿着性感，行为举止不拘小节，抽烟喝酒文身，

被很多人定义为“坏女孩”。

可是有句很出名的话，这样说：“虽然我抽烟、喝酒、文身，

但我是个好女孩。”

对于夜店女孩来说，她们就是这样的女生，

但很多男生都会被她们的夜店经历和恋爱史吓跑。

其实夜店女孩，也只是想找个家而已。

>>>1

从喧闹的酒吧出来，夜店女孩站在街边熟稔地点燃了一支烟。对面吹来徐徐的江风，穿着超短裙的夜店女孩忍不住把裙摆往下拉了拉。

酒吧一条街闪烁的霓虹灯把空气烘成一块甜腻腻的蛋糕。那些开着跑车的年轻男人的副驾驶座上，无一例外地都有一个跟夜店女孩装扮差不多的女生，她们像是从工厂统一定做批发来的：大胸，长腿，长发，白皙的皮肤，精致的妆容，一双空洞的眼睛看着周围。

夜店女孩在抽完第三支烟的时候，属于她的那张副驾驶座才缓缓开来。

坐在车里的年轻男人，在抱怨来时路上遇到的傻帽儿差点剐花他的车子，挂了电话，抬眼看到夜店女孩今天的装扮，他露出轻蔑的笑容。

“到最后还不是打电话让我来接。”

夜店女孩坐上车，冷冷道：“你以为真找不到人送我吗？给你个机会而已。”

“送？送酒店还是床上？”年轻男人毫不客气，脸上满是不屑。

“啪”一声，夜店女孩自己还没反应过来，她的手已经落在了对方的脸上。她自己也吓了一跳，趁对方还没有彻底回过神之前，她迅速地打开车门，跳下了车，在对方气急败坏的骂声中逃跑了。

夜店女孩沿着那条笔直的马路一直走，走了很长的路，她才发觉自己累了，气喘吁吁地坐在一旁的台阶上，从包里掏出一包烟，抽出一支，火机在安静的空气里发出“哗”一声，点燃。

“嘿，美女，借个火成不？”

夜店女孩转过头，看见三米开外站着一个男孩，双手插在兜里，痞里痞气地望着自己。

夜店女孩把打火机扔过去，男孩精准地接住。在“有点冷啊”话语结束的时候，站在不远处的男孩点燃了嘴边的香烟。他看上去二十六七岁的模样，走近夜店女孩，问她是不是一个人在外面玩。

夜店女孩吐出烟雾，扬了扬眉：“关你屁事！”

或许因为两个人都不是善类，所以相爱才能既迅速又热烈。男孩爱上了夜店女孩，因为她那点故作成熟的可爱。

男孩和现在的女友分手，让夜店女孩住进了自己的家。两个人都没有工作，过着闲散而日夜颠倒的生活：晚上一起泡吧喝大酒，跟着舞池摇晃的灯光摆动身体，抱在一起，仿佛下一秒即使是世界末日也知足了。

>>>2

男孩并不安分，认识新的女生就会产生好感，会献殷勤，会主动邀请对方喝酒吃饭。可是他每次都信誓旦旦地用“我只喜欢你一个，别的不过逢场作戏而已”来应对夜店女孩。好像这理由光明正大得足可以见证他们忠贞不渝、地老天荒的爱情。

夜店女孩因为这样的事发过很多次火，还有几次她直接打车去了现场，一脚踹开包厢的门，操起桌上的酒瓶砸在了桌上，冲男孩大吼：“你他妈的回不回去？”把一旁的女生吓得花容失色。

情况最惨烈的一次，是夜店女孩直接用碎酒瓶扎伤了自己的手臂，鲜血直流，把在场的所有人都吓坏了。夜店女孩从此名声在外，再也不敢有女生敢接近男孩。

同样，夜店女孩也并没有让男孩有安全感。夜店女孩出去泡吧，和朋友出去玩，可以好几天不回家。她冷酷起来的时候令人害怕，好像她只是一缕幻象，下一秒就会烟消云散，怎么也抓不住。

他们彼此用其他异性来刺激对方，获取对方的注意和害怕，然后再紧紧地绑在一起。两个人都不是什么善类，一边薄情寡义，一边心怀鬼胎；两个人都是浪子，在爱情的江湖里快意恩仇，用感情的刀狠狠地捅向彼此；两个人都是舔过血的人，哪有什么真善美可言，但他们依然彼此相爱，在一场场你死我活的战役里，即使伤痕累累，他们也不肯放手让对方就此解脱。

“怎么可能解脱？我都还没有洒脱放手，即使鱼死网破，我也要与他纠缠。”这是夜店女孩说的话，当时她待在家里，用自己买来的纱布和红药水包扎了手臂，简直酷毙了。过后，她抽了根烟，对我说：“对别人而言，像我这种女孩从来都不是什么好货。我承认这点，可我不杀人放火、不背叛朋友，也重情重义，比起那些为了私人小利而伤害朋友的人不知强多少！对于爱情，我不过是想找个可以势均力敌的伴侣而已。”

>>>3

最后，男孩还是跟夜店女孩分手了。分手那天，两人分别带着浩浩荡荡的一大群朋友来到酒吧，那架势像是约打群架。夜店女孩问：“你确定要分？只要踏出这个门，以后咱俩就井水不犯河水了。”

男孩抽了口烟，把烟头狠狠地摁灭在桌上，大骂了一句，然后冲夜店女孩干脆利落地说：“分！”

当然没有打架，两路人马各自喝了酒就作鸟兽散了。夜店女孩很早就起身离开，从人群中默默走出了酒吧。站在寒风中的她有些瑟瑟发抖，按了好几次打火机，都没能点燃烟，最后她生气地把打火机往地上一扔，嘴里的烟也吐了。她想起一年前，差不多也是这个时候，她和前男友分手，遇到现在的男孩。她站在街边往周围望了望，不知道自己在莫名期待什么。其实，对于恋爱这东西，她从来都是可有可无，但男孩们喜欢她，并不是因为她有多漂亮多迷人，而是单单觉得她看上去好追。

夜店女孩露出一丝苦笑，在冷风中缩了缩脖子，不过几秒的时间又挺直了，后背像打了一块铁板似的，即使落败，也依然要骄傲地消失在街道尽头。

夜店女孩用家里给的钱开了一家咖啡馆，可生意冷清得要死。来的全是她的朋友，夜店女孩收留了好几个无所事事的朋友，把他们养在店里。他们会帮她打扫店里的卫生，会磨咖啡豆，还帮忙养养猫。胸无大志的朋友们聚在一起，每晚等到咖啡馆打烊，就像开派对似的，放音乐，跳舞，喝酒，喝放过冰块的汽水，把青春尽情地耗费在无用的事上。

夜店女孩对人生没什么太大的抱负，她除了想快乐，好像也找不到别的目标。爱情可以让人快乐，酒精可以让人快乐，和朋友待在一起也同样可以让人快乐。及时行乐，是夜店女孩的人生准则，还有什么比快乐更重要的事。夜店女孩很喜欢约翰·列侬的一句名言："上学后，人们问我长大了要做什么，我写下'快乐'。他们说我理解错了题目，我说他们理解错了人生。"她想起之前和富二代男友在一起，每天被他载着到处兜风，去见他的朋友，大家混在一起聊天，开香槟，每天都像过节一样。但她知道，自己于他而言，只是消遣，总有一天会腻味。不过，夜店女孩并不放在心上。

她遇到的每个男孩都不是善类，彼此势均力敌，分手有痛苦，也会两败俱伤。爱情是生活的调味品，够刺激，才可口。所以，当他推开咖啡馆大门的时候，夜店女孩根本没把他纳入考虑范围。

那天，咖啡馆照常按时打烊，放着音乐，夜店女孩就坐在门口，抽着雪茄。他是被这深夜灯火通明的小店吸引过来的，里面的音乐倾泻而出，他先站在门口听了一会儿，才推开了门。

“可以给我一杯咖啡吗？”他明眸皓齿，站在雕花木门前，熠熠生辉。

>>>4

他是个太好的人。

这个“好”，就是好，没有别的拐弯抹角的意思。就像他会穿整洁而普通的衣服，不会为了突显特别而去穿奇装异服。他每次来咖啡馆都端端正正地坐在靠窗的位置，用电脑打字做事，随身带一块手帕，很儒雅地说话，对人有礼貌，面对谁都能有和煦灿烂的笑容。他是生活在正常轨道上的人，做事有计划有规律，跟夜店女孩完全是两个世界的人。可是自从他那晚无意闯入这家咖啡馆后，他们彼此的生活便交织在了一起。

他觉得夜店女孩开的这家咖啡馆很有意思。别人的咖啡馆都是摆满植物和各种小清新饰品，把咖啡馆装饰得雅致恬静。夜店女孩的咖啡馆却是浓郁的哥特风格，屋里看不到一样偏小女生的摆设：烟灰缸是骷髅头，咖啡杯是深灰色的陶瓷杯……屋里没有花啊草啊，都是一些稀奇古怪的大型人偶摆件或怪兽肢体。再加上昏黄的灯光，咖啡馆里充斥着一股欧洲中世纪吸血鬼城堡的风格。照理说，他应该更喜欢前一种清净的氛围，事实上也是，只是那天在家里写不出东西，附近常去的咖啡馆又关门了，他才无意闯入这里。当时，夜店女孩和朋友们都沉浸在他们颓废张扬的世界里，他的世界本不应该与他们的有任何瓜葛，可正是因为这种新鲜感，他对这里、对夜店女孩，产生了浓厚的兴趣。

中午，咖啡馆里有简餐，他每次都点小炒肉盖饭，配一杯摩卡，坐在位置上慢慢吃完，动作儒雅到不行。店里平时没什么客人，他来后，常常都是一个人包场。夜店女孩戴着耳机听自己喜欢的金属乐，目光时不时扫到他。窗外的阳光洒进来，把他照得亮堂堂的。听说他是个自由撰稿人，所以时间安排上都由着自己，可在他身上一点也没看出随意的痕迹，他每天定时来这里写稿、看书，俨然这里已经成了他办公的地方。

奇怪的是，每次夜店女孩看到他，自己的心就跟着静了下来，有很长一段时间，夜店女孩都没有再在晚上招待过她的朋友，没再把音乐开到震耳欲聋，没再喝酒抽烟恣意虚耗时间和精力。夜店女孩买来刊有他文章的杂志和书，窝在软绵绵的沙发里看，想通过这些文字去了解这个男人的内心世界和想法。她想，她是有些喜欢他的，他和她过去遇见的任何一个男孩都不一样；对他而言，也是。

前半生没遇见过夜店女孩这款，后半生也不会。他喜欢在写稿间隙偷偷抬头看一眼窝在沙发里的夜店女孩。她穿衣服很随便，背心加衬衣外套，牛仔裤上的破洞已经不辨年月，也不知道是本来就有，还是被磨破的，但穿在她身上就是好看。有时候，她就只穿一条吊带短裙，在咖啡馆里走来走去，但不会让人产生不好的遐想，会觉得她可爱又充满活力。夜店女孩就像一团熊熊燃烧的火焰，出于对光明和温暖的本能向往，遇见她的人都会情不自禁地向她靠近。

>>>5

万圣节那天，咖啡馆被夜店女孩的朋友征用，作为开派对的场地。一大早上，朋友们穿着奇装异服，把脸弄成大花脸，放着恐怖的音乐。夜店女孩叼着烟，站在长桌前切水果。

他跟往常一样，推门进来，看到眼前乌烟瘴气的场景，整个人愣住了。

“哟，你来了！”夜店女孩取下烟，吐出烟雾，眼皮上亮闪闪的，是朋友给她擦的金粉。她也忘了自己今晚是要扮吸血鬼还是女巫，早上起来就一直忙前忙后，早饭还未来得及吃，烟倒是抽了半包。

“今天你回家写吧！我们要开派对，特别吵。”

他没动，扫了眼店里，脱口而出：“我可以参加吗？”于是，他被夜店女孩派去扫地擦桌子。直到下午，夜店女孩端来一盘蛋糕给他吃。他一抬头，吓了一跳，夜店女孩的脸上也不知什么时候又被贴了什么东西，皱巴巴的一团，像个老太太。

“我扮的是老巫婆。”她一脸无所谓，说话间突然从兜里掏出一盒不知什么玩意儿的东西，就开始往他脸上抹，“你穿成这样太不合群了，你就扮僵尸好了！”

其实说是开派对，不过是换个名义喝酒。大家随便聊聊天，就开始喝酒去了，桌上蛋糕水果摆了一长条，却没人吃。他额头前被夜店女孩贴了张鬼画符，说电影里的僵尸都是这身打扮。

他吃了许多蛋糕水果仍没饱，夜店女孩一脸鄙视，拉着他单独去小厨房，从柜子里找出一把面条，烧了一锅热水，丢了进去，煮熟捞起来，打开一瓶不辨原材料的酱倒了上去，搅拌搅拌，递到他面前：“吃吧！”

他试探性地先尝了一口，本以为会有黑暗料理的强大杀伤力，结果没有——意料之外地好吃。

“这是什么酱？”

“独家秘制。”夜店女孩挠了挠脸，结果把贴在脸上的皮肤挠了下来，“什么鬼东西？贴着痒死了。”说着她三下五除二地把脸上黏着的东西全都抠掉了。最后无聊地坐在板凳上一点一点地撕还没弄干净的碎皮。

大概是饿了，他吃面条吃得满嘴都黏着酱汁。夜店女孩就坐在他对面，看着他吃相好笑，“噗”一声笑出来，很自然地伸手抽了张纸巾帮他擦干净，顺带撕掉了他额头上的鬼画符。

四目相对，两个人就像捅破了什么，不小心窥见到彼此本该藏好的心意。夜店女孩往后缩了缩，说道：“吃完记得洗碗！”

晚上大家都喝醉了。夜店女孩也喝了不少，脸红扑扑的，倒也没醉得不省人事。她坐在沙发上看别的朋友玩，环顾四周，不知道他去了哪里，屋里没有他的踪影。后来大家建议玩捉迷藏。喝了酒的大家都兴致勃勃的，估计光是数数也能玩到凌晨。夜店女孩匆匆跑上楼寻找藏身之处，随便推开了一间房门，想要藏在衣柜里。结果房门打开，一阵凉风跟着钻出来，扑上夜店女孩的脸。屋内没开灯，阳台上站着一个人，背对着夜店女孩。夜店女孩刚想张口，结果听到楼下有鞋子的响动，她急忙进去把门关上，把那个身影拉到自己身边，捂住他的嘴。

“嘘！”靠近后，夜店女孩才发现是他。

两个人一起躲进衣柜里，狭小的空间让两个人挨得很近。夜店女孩听到他“咚咚咚”的心跳声，仰起头来望向他：“你心跳那么快干吗？”

他一低头，呼吸便顺势钻进了夜店女孩的脖子里。他吃过木糖醇，气息有着凉凉的薄荷味。

“因为你在身边啊！”

夜店女孩怔住，还没说话，衣柜门便被“哗啦”一下突然拉开了。房间里灯火通明，站在柜外的朋友们得意地大笑：“哈哈哈，抓到你们了！”

>>>6

万圣节过后，夜店女孩和他谁也没有主动提起过衣柜里发生的事。他照常来写稿吃饭喝咖啡，只是不时会带些特别的小礼物，送给夜店女孩。他也不说是专门送的，只说是自己随手带来的，或者在哪里见到的觉得便宜就买下来了。夜店女孩把这些小玩意专门摆放在一个架子上，想要看看这个笨蛋到底要送多少东西给她才肯表明心意。

那天他来咖啡馆，夜店女孩不在店里，她的一个朋友在帮忙看店。他问夜店女孩去哪儿了。对方耸肩表示不知情。那一整天，他都心不在焉的，打开的文档只写了几行字，反复删删减减，怎么也凑不成一句话。

直到傍晚，夜店女孩才回来。不过他没能一眼认出她，还以为是来店里的客人。夜店女孩染回了黑发，穿了一件很素的外套，蹦蹦跳跳地走进来，就像早就知道他会坐在那个位置上一样，冲他招手打招呼：“嘿！”

那声“嘿”像是一句暗语，立刻把他从疲惫的状态中拉回来。

夜店女孩走过去，自然地挽起他的手，把他拉起来：“带你去个地方。”他懵懵懂懂地跟着她，不知她的葫芦里卖的什么药。

夜店女孩并没有带他去什么特别神秘的地方。两个人一起吃饭逛街，又去小吃街买了很多小吃。此时的夜店女孩跟普通女孩看上去并无二致。没了出挑的发色，没了惹眼的穿着打扮，混在人群里，根本没人多看她一眼。夜店女孩拉着他的手走在前面，他就这样无头无脑地跟着她。

结果，夜店女孩突然停住脚步，他竟没能反应过来，硬生生地撞了上去。夜店女孩在那一刻转身，顺势轻轻抱住了他："小心！"这轻轻一抱，像是突然打开了一个开关。夜店女孩身上有好闻的洗发水味，他忍不住回抱住她，说出那句藏在心底很久的话："不如做我女朋友？"

夜店女孩轻轻地笑了笑，干脆利落地回答他："好啊！"

那一刻，天上仿若突然绽放了无数绚丽唯美的烟花，为他们的拥抱定格下难忘的一瞬。

夜店女孩捏了捏他的脸，不怀好意地说："不过你要答应我一个条件。"

"你说！"

"你要陪我去文身，你文我名字的首写字母，我文你的！"

他惊讶地"啊"了一声，可惜已没有反悔的余地，只能郑重其事地点点头。

夜店女孩并不知道，他是否就是最适合自己的那个人。谈了那么多场恋爱，就像坐上了一辆缓慢的列车，看了很多风景，也没能到达终点站。但她已经不着急了，因为对于目的地，她已经不在乎了。富二代男友也好，混混男友也罢，都是她深深爱过的人。她的爱情本就是一场疾风，到来的时候，迅速横扫过境；离开的时候，从不拖泥带水。

爱情若是一场豪赌，夜店女孩从不计较成本。爱就爱了，不爱就不爱了。回望过去，晚风清凉，天空崭新。

眼下，她有良人可爱；未来，她想的不多。

拜金少女

没买到心爱的东西，
比失去男友更难过

拜金少女

特征
Characteristics

物质女孩。吃穿用度，能用最好的就用最好的，

人生的理念就是“买买买”，钱没了可以再赚，

但是心爱的东西要是没买到，比分手失去一个男朋友还要难受。

人生得意须尽欢，该出手时绝不手慢。

钱和爱情哪个更重要，在拜金少女身上一点都不难以抉择：

爱情这个东西太过虚无缥缈，但是钱不会背叛你，

并且当你有了很多很多钱之后，

至少可以让你的爱情不会面临任何金钱问题，可以自由地选择所爱。

>>>1

拜金少女为了买下春季新上市的一款包包，吃了整整一个月的素，饿得两只眼睛直发绿，但在拿到新款包包的那一刻，整个人立即容光焕发。身边的一些朋友不能理解拜金少女的行为，觉得一个包买个几百块钱的就好了，看上去都大同小异，买那么贵的包背出去又不会真的改变人生。

拜金少女懒得跟他们解释，我行我素惯了，反正钱不是偷的抢的，爱怎么用是她的事。但其实在拜金少女十八九岁那会儿，她的吃穿用度全靠男朋友。因为生得标致，再用心打扮一番，身上穿的用的看上去也跟着精致起来，拜金少女自然容易赢得那些阔公子哥儿的喜欢。

大一刚进校的时候，拜金少女就和学校一个“二世祖”谈起了恋爱。对方身上也没什么优点，就是有钱。对拜金少女也很大方，出去玩从没让拜金少女出过一分钱。拜金少女喜欢什么东西，只要他知道就一定会买给她。在一起的那一年，拜金少女身上穿的用的几乎都出自他的钱包，她也没觉得有什么不妥。听到背后有人议论她的是非，说她是为了钱才跟“二世祖”在一起的，拜金少女倒也是洒脱得利落：“她们是吃不到葡萄说葡萄酸，我喜不喜欢一个人，难道我自己不清楚吗！”

拜金少女沉浸在不用任何付出就能得到想要的一切的那一年里，毫无心思用功读书，整天顾着把自己收拾妥帖：逛街、做指甲、做头发……每天沉浸在买买买的生活里。信用卡额度用完，拜金少女就打电话给男友，让他给自己银行卡转钱。每个月收到的账单数额也大得惊人，不过没关系啊，有男友帮她埋单。

寝室里其他女生一边瞧不起拜金少女这样的行为，一边又羡慕她这样的生活，每天看着拜金少女把大大小小的购物袋往寝室里提，她们只能感叹：同样的青春年华，却完全是生活在两个不同世界的人嘛！

可惜，美梦易碎。长得漂亮的姑娘确实是珍贵资源，但从来不是稀缺资源。拜金少女的男朋友在和她交往一年后，慢慢厌倦了，最后移情别恋，喜欢上了一个比拜金少女更年轻、更漂亮的女孩，拜金少女就这样被“二世祖”男友无情地甩了。拜金少女不甘心，开始还死缠烂打，找到那姑娘骂她第三者、狐狸精。

结果被男友知道，当着对方的面跟拜金少女撕破脸：“你跟我在一起的这一年，老子有亏待过你吗？吃的用的，包括你现在身上穿的衣服、背的包都是用老子的钱给你买的，我没跟你计较那么多，已仁至义尽，少在这儿没皮没脸地赖着不走，想找提款机外面多的是，别来烦老子！”

当时拜金少女听得心都要碎了。是的，她确实很喜欢男友的钱，但并不代表她就没喜欢过他。可是当她听到他那样否定掉她的所有，以及他们的过去，一切往钱身上归咎的时候，那种感觉，真的很耻辱。

分手后，拜金少女拿到当月的信用卡账单，看到上面惊人的数字后，只差没当场吐血。以前有人帮忙付钱的时候，花再多也不觉得自己花钱厉害，现在轮到自己来承担经济时，她才意识到她是多么的卑微。

>>>2

不过，拜金少女才不会因此就不爱钱了呢，反而比过去更爱，只是她不再把这爱寄存于他人身上。女生啊，再漂亮还是要自己赚钱买包包。长期饭票哪那么容易找，何况花别人的钱始终缺少底气。拜金少女开始找很多兼职，想方设法赚钱来维持自己的物质欲望。当家教、做礼仪小姐；发传单、搞促销……基本能做的兼职她都做，但是这些工作来钱太慢又辛苦，常常把她弄得狼狈不堪。好多次拜金少女想着放弃算了，赚钱太辛苦。为什么就不能像别的女生那样，每天待在寝室里，舒服地看看肥皂剧，敷敷面膜，将就着家里给的那点生活费过活就好了呢？

可是拜金少女就是做不到啊！背一两百块钱的包就是跟背几千上万的包不一样；吃几块钱的蛋炒饭就是没有去高级餐厅吃一次西餐来的满足感多；穿路边摊的衣服就是没有商场的衣服来得舒服……人生短暂，拜金少女才不想这么将就地过一生。要在最好的年华享受最好的一切才有意义。等到老了，身材变形了，胶原蛋白流失了，才说攒够钱了，到了好好犒劳自己的时候了，那又有什么意思？

在金钱的强大诱惑下，拜金少女开始恶补英语。一年之内考完六级，然后她找到了一份家庭老师的工作，专门帮小孩子补习英语，薪资很不错。她又用一个月的时间减肥——虽然她本身已经很瘦了，但她在网上看到试衣模特的日薪很高，于是她便每天只吃两顿饭，瘦了七斤，拿下了这份工作。给网店拍服装照片，一拍就是一整天，衣服至少要换十来套。为了拍出好效果，中午拜金少女也不敢吃太多，免得腹部突出来影响试衣效果。

现在拜金少女一个月赚到的钱不少了，跟一个白领差不多，但每个月还是捉襟见肘。她华美衣服下面，裹着的是一颗永远赤贫的心。

钱，代表某种安全感，也代表贪欲的野兽，始终喂不饱。

>>>3

2014年夏天，拜金少女上大四，班上的同学都忙着实习，拜金少女却直接托熟人给她在实习证明上盖了一个章，然后和一个朋友在网上开了一家店。货品都是从批发市场运回来的，放在她们租住的房子里，住的地方只有三十几平方米，一大半空间都被货品给占满了，剩下的地方就只能摆下一张床、一张桌子、两只塑料凳。两个人挤在狭小的房间里，接单，发货，处理退货——忙到饭都没时间吃，更别提打扮了。

一开始为了把店做大，她们都是倒贴钱进去的，毫无利润可言，还要付房租水电费养活自己，拜金少女之前打工赚的那点钱全都贴了进去。朋友家里有点钱，所以做起事来也不是很尽力，当初答应和拜金少女合伙是因为觉得在网上开店很时髦，还可以穿漂亮的衣服拍照，可她穿那些衣服拍出来的照片都没办法放在网上。时间久了，两个人渐渐产生分歧和矛盾。拜金少女每天熬夜熬到凌晨还在接单，而朋友总是早早上床睡觉。长时间的低价促销活动，让店里的生意损失也越来越大，后来正式开始盈利的时候，她们赚的钱也只够刚刚养活自己。

半年过后，她们都大学毕业了。身边的人不是忙着考研，就是找工作。拜金少女的朋友在家里的压力下，放弃了跟拜金少女继续合伙，听从了家里的安排，进入了一家国企工作。走之前，她拿走了自己的钱、房租的押金，还有进货的成本费……这样一来，拜金少女彻底地陷入了经济危机，她东拼西凑才勉强撑过了头一个月。这一个月，为了省钱，拜金少女几乎顿顿吃泡面，或者去楼下小店打包一份五块钱的蛋炒饭。

挨过最艰难的那段时间后，店里的生意渐渐好起来，拜金少女也因此没有一点喘息时间。早上一睁开眼，就想着今天要发多少单，在座位前坐一整天跟客户聊天，到了饭点就在网上叫餐。钱确实越赚越多，账户里的数字每天都在增长。当同期的其他同学还每天奔波在地铁上、拿着每月两三千的起始工资时，拜金少女已经月入过万了。

这样的日子过了半年多，有一天早上醒来，拜金少女发现自己的脖子动不了了。她用力转动自己的脖子，想让它重新活络过来，但轻轻一扭就感到两侧像焊了一块钢板似的。好不容易挣扎着从床上下来，拜金少女打车去了医院。医生说她是肩颈劳损加上脖子落枕，给她按了按，让她平时多运动，注意休息。

走出医院，拜金少女被外面的阳光晒得有些不舒服，好像许久没有在白天出来散步了。她身上穿着破洞牛仔裤和简单的T恤，脸上没有化妆，素颜经过商场外的橱窗，拜金少女望见玻璃窗里的自己吓了一跳，映出的影像有种触目惊心的瘦，背微驼，皮肤发黄，整个人没有一点精神。

拜金少女理了理身上皱巴巴的衣服，心里涌起一阵巨大的失落。她现在终于有钱了，却没有时间去享受这美好的一切。现实，跟她所幻想的南辕北辙，看着街上那些走过的年轻漂亮的姑娘，虽然她们可能并没有拜金少女有钱，但她们脸上散发出的那种光芒，是拜金少女很久没有过的东西。

那天拜金少女没回家，而是掉头去了附近的餐厅吃了一餐正经饭。她点了最贵的食物，开了瓶香槟。拜金少女的打扮与餐厅的风格格格不入，但这又有什么关系，她吃得起里面的任何东西，也买得起这家商场里的任何一个包包。她终于有钱了啊，但也因为得之太不易，这快乐来得一点也不轻松。

>>>4

没办法，许多年轻的姑娘最大的梦想并不是每天累死累活赚点钱来提高生活品质，而是轻轻松松地活着。

一个女人赚再多的钱，如果没了优雅和漂亮，心里也不会开心。二十三岁的拜金少女喜欢钱的本质，不过是为了过更好的生活。

如今看来，她过得一点也没有更好，还没有学生时期节衣缩食买包包那阵洒脱。

想通了这般，拜金少女把剩下的库存处理完后，就把网店关掉了，得到了一笔不菲的钱。然后她报了瑜伽班，按时去美容院美容，去商场买买买，很快又重新把自己拾掇得精致起来。拜金少女用剩下的钱四处旅行，朋友圈按时更新一组她的旅游美照，过得肤浅又美丽，庸俗又快乐。

钱很快被挥霍干净，拜金少女回来时，除了一箱子在外地买的旅游特产，什么也不剩。坐吃，山总有一天会空，得想点新法子来赚钱才好。这次拜金少女打死也不要再做那些辛苦的工作了，就算是每个月给她十万块钱也不做！

拜金少女想起以前认识一些家里背景不错的朋友，她学的又是戏剧专业，现在影视IP这么火，要是能“忽悠”卖出去一个剧本那就发了。拜金少女回家后，买了一箱八宝粥和日常生活用品，把最近很火的几部商业电影来来去去反复地看，然后自己用电脑东拼西凑写了个剧本。

之后她打电话挨个请那些朋友吃饭，还把自己旅游带回来的特产用好看的牛皮纸包好，当作礼物送给朋友。拜金少女想让他们帮忙引荐资源，现在影视IP火得连猪肉厂的老板都想投资。

最后拜金少女当然没能把自己的烂剧本推销出去，但却把自己给推销出去了。有个老板看中了拜金少女，让她做自己的高级助理，只需要他出去应酬的时候，她陪他吃个饭，喝个酒就可以了，按时薪算，没有其他附加条件。别人听了可能都会觉得有猫腻，但拜金少女确实穷疯了，心想着试试，万一是真的呢。

这个世界上，任何高回报的东西都是有风险的，而世界是属于胆大的人的。拜金少女就这么雄赳赳气昂昂地去赴宴了，席间她表现得很好，说该说的话，喝酒也毫不含糊，帮这个老板拿下了一个大项目。

正如他当初承诺的，按项目资金的比例分成给她。这可比做网店接单发货强太多了，拜金少女跟着这个人工作了一段时间，赚得钵满盆盈。她把赚来的钱都放进股市和理财产品里，因为眼光独到，竟也赚了不少。

外面的风言风语从来就没有停止过。许多人对漂亮有钱的姑娘都带有偏见，觉得她们若不是含着金汤勺出生，就是靠出卖身体赚钱的。拜金少女跟这个人合作了大半年，从最开始的礼貌客气到后来出去见客户总有人有意无意地对她动手动脚，拜金少女知道“此地不宜久留”。

她永远知道什么对自己好，什么对自己不好，每件事的利益关系，她都看得很清晰。她知道面对这种境况的时候，只是拒绝是没用的，拜金少女直接换了所有联系方式，包括家庭住址，发了封辞职邮件给这个老板，然后买了张机票出去避风头了。

对于过去，拜金少女有一百种方式去割裂，等到重新再出发时，她又星光熠熠。

>>>5

拜金少女并不是刀枪不入、除了钱什么都不在乎。只是后来关于她的事情，流出来的消息都是如何如何的风光体面，以至于让人觉得她是那种为了利益不择手段、毫无人情味的姑娘。

在一个人经营网店的那段时间，拜金少女谈了一场短暂的恋爱。对方是摄影师，帮她拍照片，兼处理店铺上的图片。两个人因为合作次数多了，渐渐产生了好感。但拜金少女那时太忙了，忙得没有时间去约会，也没有时间打扮自己，所以那时对方能喜欢上她，一定是真爱吧。

两个人几乎每天都在网上交流，男生是摄影师，经常要出去拍照，两个人就跟异地恋似的，每天早上起床，先用手机问候一遍："亲爱的，你吃饭了没有？"然后中午，摄影师男友打电话给拜金少女，知道她又忘了吃饭，就会帮她叫一份外卖。到了晚上，有时候摄影师男友会提着一大包好吃的去看拜金少女。但大多数时候两个人都见不到面，各忙各的事情。那虽然是拜金少女最普通最平凡的时光，但摄影师男友体贴细心，可惜他光是拍照没什么钱，而买摄影器材又如此烧钱。

拜金少女知道他经济拮据，便时常给他买一些东西：衣服、鞋子，包括昂贵的相机镜头。但是每次收到这些，摄影师男友的表情都非常尴尬，他让拜金少女别给他买东西，自己赚钱那么辛苦，应该存起来别乱花。

"怎么乱花了？我可不想我的男朋友穿得破破烂烂的，用不起好的东西。"

拜金少女心里装着满满的爱意，可说出口的话却让听的人很伤自尊。拜金少女根本没察觉到，他们的爱情是什么时候开始发生变化的。在她的心里，两个人虽然都很忙，平时也很少见面，但摄影师男友却给了拜金少女不一样的安全感，是那种踏实、接地气的安全。

有一次过节，拜金少女依然雷打不动地在家里工作接单，忙得连叫的外卖都忘记了吃。不知道晚上几点，门突然"砰砰砰"响了。摄影师男友有她家的钥匙，所以当时拜金少女吓了一跳，电视里入室抢劫的新闻一下子钻入她的脑海。拜金少女轻声走到门口，透过猫眼往外看，她看到摄影师男友两只手里拿着一大捧烟花棒。见没人开门，他又用脚轻轻地踢了几下门。

“你怎么买这么多烟花？”拜金少女打开门来，双手抱在胸前，打量着摄影师男友。

“哗啦”一声，对方把烟花放在地上，如释重负地耸了耸肩，说：“今天过节，我们去楼顶放烟花吧！”

拜金少女租的居民楼比较老旧，物业根本不管放烟花这些事，两个人抱着烟花呼哧呼哧地跑到天台。上面黑魆魆的，除了远处的一丁点光亮，什么都看不到。“吱”一声，摄影师男友已经猝不及防地点燃了一根烟花棒，随即旋开的烟花爆炸成一朵朵绚丽的花，拜金少女欣喜地叫出了声。

很久都没有过这样的惊喜了，上一次放烟花是什么时候？拜金少女已经记不得了，但应该是很久远很久远的事情了——过年一大家子聚在一起，小孩子拿着烟花棒或者仙女棒去空旷的地方放烟花。

长大之后，拜金少女的目光再也没有放在这样微不足道的快乐上，她想要很贵的包包，很精致的衣服，很精彩令人羡慕的人生。一路忙不迭地去收获，去攫取，去占有，到头来打动自己的竟然是一根烟花棒。

拜金少女接过摄影师男友给她点燃的烟花棒，任他随便拍没化妆没换衣服的自己。在人生的某一时刻，她谁都不想成为，就这样没心没肺、傻乎乎地快乐下去，好像也不失为一种幸福。但这种想法不过是一生中仅有一刻的念头，现实中的拜金少女一缓过神，又立马穿上铠甲，披荆斩棘。

后来，当拜金少女从朋友那儿听说摄影师男友和别的女生好上的时候，她半天都没缓过神来。倒也没去兴师问罪，也没有痛打小三，作为成年人，面对这样的问题，首先想到的不再是谁对谁错，而是反思他们的感情究竟为什么会走到这一步。

约摄影师男友出来见面，两人坐了很久，谁都没有先开口说话。

最后，还是拜金少女强压着情绪问：“你有新的喜欢的女孩了吗？”

在金钱观念上的南辕北辙，让摄影师最后选择了那个每天陪他左右嘘寒问暖的女生。金钱确实可以买到很多东西，也是保障爱情的基础条件，但它并不能帮你保鲜一份感情。

分手后，拜金少女在家躺了一天，没接一笔单子。摄影师男友像是预知了一般，叫人送了外卖来，拜金少女把外卖放在桌上没吃。昏昏沉沉地一直躺到了晚上，她才觉得饿了，把外卖吃掉然后开工，像是什么事也没发生过一样。

我们这一生会爱上许多人，有可能是因为他有花不完的钱，也有可能是因为他的温柔体贴温暖过你一阵子，可惜后来他们都没有留下来。拜金少女难过过一阵子，而后明白：或许唯一能够陪伴自己的，也只剩下金钱了。

人海茫茫，谁也不必记得谁，但至少，在她伤心难过的时候可以任性地吃一顿好吃的，去商场狂买一番也不会心疼。

落得如今这般境地，并非拜金少女所想，只是过了爱做梦的年纪，她会把希望更多地寄托于实物上。

坐在飞机上的拜金少女，偶然会想起这段往事，心里已无波澜。每个人的

人生都不尽相同，长大，就是要告别那个非黑即白的世界，追求自己想要的。如果喜欢的人和你走在不同的轨道上，那注定是要到岔路口告别的。

拜金少女转头望向被抛至身后的城市。她明白，过往只是回忆，她要继续寻找更精彩的人生。

恋爱少女

谈场恋爱，然后又溜掉

恋爱
少女

特征
Characteristics

不恋爱的时间绝对不能超过三个月。

只要遇上心动的对象，不会考虑太多就在一起，恋爱的时候恋爱大过天，不能恋爱比什么都痛苦。

但没有哪一段恋爱能够开花结果，恋爱少女还在一直寻找那个Mr.Right，也许永远找不到，不过她可一点不着急，她只享受爱与被爱的过程。

>>>1

从中学开始，恋爱少女身边就从没缺少过男生，如果单论长相，她其实比隔壁班的某花花同学差很多，但严格意义上来说，她在本年级同学间又处于中上游水平。

有这样一种女孩，她可能读书体育都不行，但情商颇高，尤其是具有在异性间周旋的天赋。不像那种女汉子，一撸袖子拿起烤串端起啤酒就能瞬间让一旁的男生认她做兄弟。恋爱少女给人软软的感觉，总是让人想呵护，却又不是小白兔。她对你没兴趣的时候，像只高高挺直了脖子的小天鹅，对你的一举一动都像是礼貌性的敷衍。

恋爱少女很容易爱上学校里最臭名昭著的“混混学生”，这种老师恨同学怕的男生，是恋爱少女的捕猎对象。只有坐在混混男友的摩托车后座，听着发动机雷鸣般的声音，引得街道两旁路人愤愤骂娘，恋爱少女才觉得快乐。恋爱少女需要存在感，这种存在感不是打满红钩的试卷，也不是比赛获得的奖状，更加不是父母朋友夸赞的一句“你家孩子真懂事”。

青春期那几年过得不容易：要为每天晚回家编借口，要想办法把男朋友周围虎视眈眈的女生弄走，还要熬夜趴在台灯下温习功课。再没有学习的欲望，恋爱少女也还是想考个大学，她可不想高中毕业就去打工，在环境恶劣的地方耗光青春、把手指弄粗、穿着不好看的工作服在流水线上日复一日。

跟混混男友的感情危机也是来自学业。混混男友不需要学习，甚至在高考前就会被父母送往国外的某某大学，再继续以浪子形象混完几年，换身行头，说一口英伦腔的普通话，继承家族企业，去过他坦顺无浪的一生。

恋爱少女揉揉惺忪的睡眼，望着习题本上的空白，发呆地想未来的自己会是怎样。虽然恋爱是恋爱少女的人生主题，但她在人生最关键的那么几刻，还是会忧心忡忡地担心下未来。

混混男友长得很好看，他把鸭舌帽反扣在头上，一副酷酷的模样，双手插兜等在教室门口。恋爱少女见到他，故意皱皱眉问道："你站在这里当电线杆啊？"

"都要化了！"混混男友从口袋里拿出一块巧克力，塞给恋爱少女，"别的女生给我的。我不喜欢，你拿去。"恋爱女生剥开糖纸，把巧克力掰成两半，踮起脚尖把其中一半喂给混混男友。两个人突然对视着，傻兮兮地笑起来。

恋爱真好，搞不懂到底喜欢你哪一点，也搞不清哪一刻就想拥你入怀，即使面对面看着对方吃同一块巧克力也能开心得飞起来。喜欢，就是和你在一起怎么都不够，不思考未来，只想当下。

和混混男友逃课去游乐园，恋爱少女坐在摩托车后座上，摩托车发出巨大的轰鸣声，"倏"一声飙出很远。风飒飒从耳边扇过，恋爱少女把头靠在混混男友背后，仿佛这一刻天地间万物都已消失，只剩下恋爱少女、混混男友和无尽的风。因为骑得太快，摩托车打滑，两个人被甩出好几米远。恋爱少女没反应过来，以为摩托车开得太快，她已经飞了起来，当身体重重地跌倒在地上的那一刻，她才"啊"一声大叫出口。身体的疼痛感让她失去了知觉，不知过了多久，她感觉有人在拍她的脸。周围传来嘈杂的声音，撑开沉重的眼皮，恋爱少女看到闪烁鸣叫的灯、穿着白大褂的大人，还有不远处被抬上担架的混混男友。

左腿骨折，肋骨断了两根，恋爱少女在医院住了好几个月。这几个月除了医护人员和父母，她谁也没见着。出院后，她直接被送进了另一所高中，每天中午晚上都得按时回家吃饭，混混男友也没有了消息。在那些埋头看书做题的深夜，恋爱少女总是会抬头望望房间的天花板。出事那天，混混男友曾说：郊外夜晚的星星特别漂亮，跟镶在天上的钻石一样。后来，恋爱少女央求父母给她买了一台星空投影仪，她不知道天花板上的星星是不是跟那天没能看到的夜空一样美丽。

>>>2

大学里追求恋爱少女的人仍旧不少，对方请她吃饭她从不拒绝，有时还叫上寝室的姐妹一起蹭饭。从街头的火锅，吃到街尾的日式料理，恋爱少女才不慌不忙地告诉对方，自己一点也不喜欢他。后来，恋爱少女喜欢的人令所有人都大跌眼镜，一个比她大十岁的咖啡馆老板——戴金丝框眼镜，穿熨得没有一丝褶皱的衬衣。他请恋爱少女的室友们吃饭，恋爱少女把烤好的肉，蘸上酱汁，包进生菜叶里，卷好喂给他吃，模样像只温顺的小猫咪。

恋爱少女每天都能去咖啡馆喝免费咖啡，吃免费点心。老板大叔养了好几只折耳猫，慵懒地趴在店里。恋爱少女和它们熟了后，她一到店里那些猫就过来蹭她的腿，舔她的手。恋爱少女带着电脑坐在角落里写自己的论文，老板大叔空闲的时候就过来摸摸她的头，坐在一边不作声地看着她。直到看得恋爱少女都觉得不好意思了，她才用胳膊肘碰碰他："不准看我！"老板大叔一脸温和地笑着把头转过去，恋爱少女又不满了，"谁叫你不准看我了，快转回来。"老板大叔又听话地转回头。

和老板大叔在一起的日子非常稳定，就像学校附近公园的那片湖水，波澜不惊。和老板大叔在一起，恋爱少女不用再为吃一支普通冰棍还是吃"可爱多"而犹犹豫豫，出去玩也有人全部安排好行程；以前没去过的餐厅都跟着老板大叔一起去吃，没舍得买的衣服，恋爱少女撒个娇就能得到。老板大叔一日三餐规律健康，晚上恋爱少女想去路边摊吃个烧烤，总是被他拦住："不卫生，吃了会拉肚子。"

恋爱少女想去游乐场坐跳楼机、过山车，老板大叔立即皱眉："我都是老人家了，玩不了那些。"老板大叔让恋爱少女和朋友去玩，他出钱。但恋爱少女和朋友玩得意兴阑珊，选择坐在游乐场的长板凳上喝果汁，和老板大叔发微信玩。

恋爱少女不再去那些老板大叔不喜欢的地方，也不泡吧，深夜不在外逗留，也不穿超短裙，不把头发染得五颜六色，就连脸上的妆也变得清清淡淡的。穿简单大方的衣服，烫直长发，挽着大叔的胳膊安安静静地待在他身边，就像咖啡馆里的折耳猫，永远构不成任何威胁伤害。

可是他们依然没能走到最后。恋爱少女需要的是恋爱的热情，而不是安全稳固的关系。和老板大叔在一起，日子就像是在既定轨道上行驶的列车，每一站的地点她都了若指掌，未来的图景清晰地呈现在眼前。恋爱少女对这样的关系渐渐感到疲乏，开始找借口推脱约会，开始瞒着老板大叔去他不喜欢的地方。恋爱少女喜欢一切富有生机和危险性的事物，所以她选择了和老板大叔分手。

她依然像只小猫，眨着无辜的大眼睛对老板大叔说："我依然爱你，但没办法和你在一起了。我这么说好像很奇怪，却是我内心的真实想法。"说完她抱了抱他。

最后老板大叔结婚了，对象是一个同龄的知性女人，恋爱少女见过一次。分手后她曾偷偷去咖啡馆，在门外看到老板大叔和那个女人正一边喝咖啡，一边说笑。老板大叔不会像摸恋爱少女一样摸她的头，而是伸手帮她把头发捋到耳后。猫咪跳上沙发，熟稔地钻进她的怀里撒娇。

回家的路上，恋爱少女碰到一只流浪猫，饿得“咿咿呀呀”叫。恋爱少女给它买了火腿肠，它吃得真香，发出“咕咕”的声音，她差一点就想把它带回家了。

恋爱少女此刻也成了一只流浪猫，等待着下一个人把她带回家。

>>>3

和比自己小三岁的男生交往，恋爱少女被朋友说是母爱泛滥。小男友是恋爱少女的学弟，见到恋爱少女的第一眼，他就着了魔似的整天跟在她身后，送早餐午餐，帮忙排队，还时不时地请恋爱少女去新开的餐厅吃饭。小男友的经济条件没那么好，一个月不到两千的生活费，他还要绞尽脑汁买小礼物讨恋爱少女的欢心。也正因为这样，恋爱少女再次感到爱情向自己袭来，把她吹得晕头转向。

大四的恋爱少女在一家外企实习，一个月两千元的实习工资，晚上回寝室睡。学校离公司挺远的，坐公交车每天来回共两个小时，小男友拿出自己一半的生活费让恋爱少女在公司附近租房，省得她跑来跑去。

租的房子不大，二十几平方米，但好歹有单独的卫生间和厨房。小男友没课就跑过去，买好吃的东西和日常用品，做一桌热乎乎的饭菜等恋爱少女下班一起吃。恋爱少女把每个月的钱精打细算，给小男友买礼物一份，给自己买衣服一份，吃饭看电影出去玩……预计要花的钱全部用一张纸仔仔细细地列出来。

为了省钱，两个人周末的时候不去外面吃饭，买菜回来自己做。恋爱少女不会做饭，小男友围着花围裙在没有吸油烟机的厨房里捣鼓一通，两个小菜一份汤便做好了。再打开他们喜欢的美剧，两个人边看边吃。

只要两个人在一起，哪怕做的是非常无聊简单的事，也觉得快乐无比。他们比赛吃薯片，把薯片蘸上芥末酱，看谁能先吃完而不流泪。他们把“妙脆角”戴在手指尖上，看谁吃完用掉的时间最少。恋爱少女笑小男友无聊，结果被对方用番茄酱涂了个大花脸。

“还是你比较好吃！”小男友说完凑近恋爱少女，吻上那些深情的番茄酱。

毕业后，恋爱少女成了那家外企公司的正式员工，工资翻了一倍，换了一个更好的房子。夏天的夜晚，两个人坐在楼下的大排档吃小龙虾喝啤酒，恋爱少女抱怨上司对自己苛刻，小男友讲社团趣事。吃完夜宵也不急着回家，两个人手牵手压马路。路边的栀子花开了，小男友趁四周没人跳进花坛摘下两朵拿给恋爱少女。和小男友在一起的日子，恋爱少女感觉自己回到了中学时代，对物质的要求到达了一个很低的限度，仿佛只要吃饱穿暖，两个人能够在一起就没什么大不了。

但后来恋爱少女还是跟一个可以给她买时下最新款包包、能带她出入各大餐厅的男人走了。不是因为钱，而是当恋爱少女每天深夜加班回家，却看到小男友窝在沙发上打游戏、吃薯片；每次恋爱少女在家写方案写到快哭，小男友却端着热乎的饭菜笑嘻嘻地问她吃饭不……当她全身铠甲手拿宝剑要去拼一个未来的时候，小男友却还在他们的小房子里对一切都天真懵懂。已经不是一个世界里的人了，即使再怎么用力拥抱亲吻，也无法感知彼此的处境和心情。

总监男友是恋爱少女同公司不同部门的上司，两个人第一次见面，还是恋爱少女实习的时候。初入职场没什么钱，买的东西都是便宜货，穿了几天的高跟鞋在恋爱少女去茶水间的时候意外断了，是现在的总监男友帮她找到了万能胶黏好。后来两个人又见过几次，都是礼貌地互相点头，算是打过招呼了。成为正式员工的恋爱少女每天加班到很晚，一个人在休息室吃泡面、喝咖啡。有一次加完班回家，恋爱少女正好遇到他，总监男友问她也加班到现在啊。恋爱少女点点头，露出疲惫的笑容。对方问她饿没饿，他知道有家店烧烤特别好吃，吃满一定金额还赠送糖水。总监男友很绅士，谈吐间让人不知不觉就愿意信任他。像他这样的男士类型，是所有疲惫迷失女性都想要依靠的港湾。

小男友打包行李离开的那天，用可怜巴巴的眼神看着恋爱少女，希望她能收回说出的“分手”。那眼神像极了几年前恋爱少女在街边遇到的那只流浪猫，她差点心软，要不是总监男友的电话适时响起，在那头问恋爱少女晚上要不要一起看电影，她想她也许真的会点头说“好”。

恋爱少女不是无情的人，每段恋情分手后，前一个恋人给她的感觉都留在她身体里待很长一段时间，或者再也没有离开过。喜欢吃的巧克力牌子是中学混混男友塞给她的那款，喝的咖啡口味是老板大叔最爱的那种，最喜欢的动物是猫，和总监男友每次经过宠物店，她都忍不住钻进去看，总监男友摸摸她的头说，以后住在一起就送只猫给她做礼物。喜欢的那几家餐厅无疑都是和过去男友留下特别记忆的地方，想要去的旅游地点也是过去和男友承诺过的。分手后，虽然再也没有见面，可他们说过的话、做过的事，以及他们的喜恶习惯，仿佛都被恋爱少女通通吃掉消化，成为她的脂肪、她的血液、她身体的一小部分，这些细微变化就连恋爱少女自己都不曾察觉。

>>>4

恋爱少女谈过很多场恋爱，依然没能在结婚这件事上有所前进。如果恋爱也像打怪，只要拿到足够多的武器、杀掉足够多的小怪就能进入婚姻胜利的殿堂，那么恋爱少女就是那种无论怎样升级也没法结婚的类型。

婚姻是两个相爱的人从恋人变成亲人的过程。爱情消失，全部变成再也离不开对方的亲情，光是想想恋爱少女之前的表现就觉得可怕。她想要爱，想要一辈子都享受爱情的庇护，所以注定无论是青春期的混混男友，少女时的大叔恋人，还是比自己更需要照顾的小男友，或者是无论经济条件、思想内涵都非常不错的总监男士，恋爱少女都只能和他们谈恋爱，彼此走过生命的一段路程，到了下一站，就得说再见。

不断遇到新的人，不断谈新的恋爱，是恋爱少女这一生的使命。即使到了四十岁，五十岁，甚至六十岁，只要还能遇到喜欢的那个人，她就会大胆去爱。

不知道是第几段感情结束，在家伤心了几天的恋爱少女一个人出门觅食。新开的自助餐厅人很多，她拿了号在门口等了一会儿才有位置。服务员知道她是一个人后，问她能不能和别人拼桌。恋爱少女心情不好，说大不了付两个人的钱，她要一个人一桌。其实也没吃什么，只吃了许多冰淇淋，烤好的烤肉她也没有胃口吃，手托着下巴呆呆发愣，不知道在想些什么。

这时，她突然全身打了个激灵，一下子坐直，眼睛直勾勾地盯着对面一桌的情侣。如果她的记忆没有问题，那个给女人喂食物的男人正是她中学时的混混男友。他虽然胖了许多，但五官的模样，眉角的痣，恋爱少女不可能记错。

不知怎么的，她突然就热泪盈眶了。恋爱少女一直盯着他们，直到他们手牵手付账离开。

>>>5

恋爱少女坐在昏暗的小酒馆里，要了杯扎啤，她已经喝了不少，醉眼蒙眬地看着我说："我知道这世上所有关于爱情的话都是谎言，什么一生一世，什么白头偕老，要一辈子照顾你包容你，都是骗人的鬼话。可我好爱听这些，因为我知道他们不是故意要食言，在说出这些话的那刻他们都是真心实意。我知道那一刻他们是真的很爱我就好，其余的也不重要！"

恋爱少女像是一个固执地收集了别人爱意的顽童，似乎只要收集得足够多，就能得到足够多的快乐。也许连快乐也不是她的最终目的，恋爱里的肝肠寸断、彼此伤害也是她喜欢的地方。爱情本身的美好，大过它给人的意义。

所以，恋爱少女抬起头，微醺道："我就像一只流浪猫，等待有人把我带回家，谈场恋爱，然后又溜掉。"

POST

失恋少女

谈一场不分手的恋爱，就那么难吗

失恋少女

特征
Characteristics

没有一段恋情可以超过三个月，每次都以被分手告终。

失恋少女也弄不清楚每次失恋的原因，反正就是无法谈一段长的恋爱。

谈了太多次恋爱，以至于熟识恋爱里的所有套路，

面对男生同样的把戏，失恋少女总是心情复杂却又得表现出适当的惊喜。

谈恋爱心太累，可是失恋少女还是谈得义无反顾。

心愿很简单，谈一场不分手的恋爱，难道就那么难吗？

>>>1

这已经是失恋少女第五次失恋。半小时前，男友向她提出分手，理由是两个人性格不合适。失恋少女还想追问是哪里不合适的时候，对方已经埋单走人了。倒也没多么悲伤，第五次失恋，再怎么的也驾轻就熟了，不会再有那种痛不欲生的情绪。

失恋少女离开餐厅，在马路对面的麦当劳甜品站买了一个甜筒，沿着回家的街道慢慢走。她想理理此刻思绪或情绪，夜晚的风能让人冷静。

和这个男友谈恋爱的时间不过两个月，从最初认识到恋爱，一切都很美好。彼此都是对方喜欢的类型，失恋少女和他认识没多久就确定了男女朋友关系。她幻想着，这次的恋情一定可以走到结婚吧，于是她努力小心翼翼地去维护着彼此最初的那份好感。但她发现，越是小心谨慎，对方对自己的在意程度就越少，约会的时间，还没有最初在一起的时间多。一开始失恋少女还会努力压制住不满的情绪，觉得应该给对方多一些包容和体谅，动不动就发火只会吓跑对方。可渐渐的，她发现男友并不是因为工作忙，他有时宁愿和朋友在一起，也不愿意主动约她。

失恋少女为此很恼火，和他吵了好几次，闹得男友心情很烦躁，最后却还是失恋少女突然想通了似的，先低下头道歉。这种没骨气的做法导致她被朋友大骂了一通，失恋少女一脸委屈："可是我就是喜欢他啊！"

"喜欢一个人能当饭吃吗？你越是这样，他越是不会好好珍惜你的！"朋友哀其不幸怒其不争，坐在烧烤摊上硬生生地吃掉了六串烤腰花。

这句话在失恋少女身上并不适用，因为她的前前男友就是因她过于不在乎而分手的。其实也不是不在乎，只是失恋少女受了网上爱情鸡汤的洗脑，什么男人只喜欢那些神秘的女人，什么太好的女人让他们没有征服的欲望，等等。为了“征服”她的前前男友，让对方死心塌地待在她身边，失恋少女真的是使出了浑身解数。比如对方非常热情主动地约她吃饭，失恋少女说自己有事约下次；又比如对方发信息找她聊天，她总是过很久才回复一条——反正看到信息就秒回是大忌。这样的例子数不胜数，最后前前男友提出了分手，理由是：“我觉得和你谈恋爱实在太累了，感觉永远是我一个人在唱独角戏。”

所以这之后，失恋少女非常小心翼翼。再谈恋爱，她总是很小心地去顾虑对方的感受，害怕稍有差池，引来对方的不悦。但还是没用啊，上一段恋爱总结下来的经验似乎并不适用于这段恋情，反倒让失恋少女成为一个手无寸铁的兵卒，在爱情这场厮杀中不占任何优势。

她的体贴细心、温柔周到、低声下气，都没能挽留住前男友，反倒是弄得对方兴趣全无、心烦气躁，最终狠了狠心和失恋少女说了分手。“分手”这两个字多么轻飘飘啊，即便他在心里做了很久的斗争和纠结，被分手者也不会有所体会。失恋少女一脸平静的模样，让对方的负罪感减轻不少，然后他起身付账离开，连句客套的“保重”都没留下。

>>>2

失恋少女第一次失恋后，那叫一个伤心。悲痛欲绝，痛不欲生，万箭穿心，真的是食不下咽，寝不能眠。她无法接受失恋这个事实，在她的人生观念里，谈恋爱就是从一而终，谈一辈子谈到老才对。怎么才短短一两个月对方就提出分手，从此一刀两断，各走各路？

更年轻一点时候的失恋少女仗着自己年轻，便死劲儿作，失恋后给前男友打电话，追问分手原因，一副打破砂锅问到底的势头。最后对方都被问怕了，吓得换了手机卡，在校园里只要看到失恋少女，隔着两百米的距离立马转头就跑。为什么要这么执着？为什么就不能在爱情里洒脱一点？失恋少女不是不想，而是做不到。

第二个男友是失恋少女追的对方。对方属于比较闷、话很少的那种。失恋少女第一次见到他是在咖啡馆，因为没位置了，她就跟朋友过去问他可不可以拼桌。他很好说话地答应了，失恋少女和朋友坐下后开始聊天，聊着聊着，没想到对方突然插了一句关于电影的话题进来。

“你也喜欢这部电影？”失恋少女问他。

“我是导演的忠实影迷。”说起这些来，他滔滔不绝，不知道的还以为他本身就是话多的人。后来，失恋少女问他要了联系方式，回家后便开始和他断断续续地聊起来。对方热情不高，失恋少女便从网上搜来很多段子和笑话来调节气氛。在合适的时候约他出来吃饭、看电影，表白的过程也没怎么纠结，失恋少女想说什么就说什么，反倒让对方觉得她可爱又真诚，于是答应和失恋少女交往。

只要不谈恋爱，失恋少女真是一点问题都没有，温柔又成熟，幽默、有趣，又不乏真诚，她总是能轻易地吸引到异性的青睐。但只要谈起恋爱来，她就开始别扭，浑身都不对劲，真恨不得有个身经百战的恋爱导师在一旁指导她的一举一动，好让她的爱情永远完美如新。

后来失恋少女是怎么跟这个男友分手的，她自己也不怎么记得了，但她记得在分手前的最后阶段，她已经预感到了分手暴风雨即将来临，可是她无能为力，即使知道结局，也无法避免这个结果。

大概有些人天生不适合恋爱吧。失恋少女最美的时刻，就是不爱任何人的时候，但无奈，即使分再多次手，只要看到喜欢的异性，她还是会好了伤疤忘了疼地立马贴上去，一副错过这个村就没这家店的劲头。

也不知道这样的想法是对还是错，反正爱对了是好事，爱错了……谁没爱过几个人渣啊！

>>>3

失望经历得太多，难免会连痛楚的知觉都一并失去，开始产生钝感。每段爱情虽然都不相同，但套路都是相近的，吃饭、看电影、逛街，说甜言蜜语，许下一生一世的承诺。在恋人眼里你永远都是最美的，在恋人眼里你永远都是最好的。可情话来来去去无非都是“我爱你”，变着再多花样儿玩，也难免让听过太多类似话的人产生疲劳。

失恋少女见过太多相似的套路，以至于后面的恋爱里，当他们说同一句话时，她都会产生“哦，以前也有人对我这样说过呢，然而他还是离开了我”的忧虑。

谈恋爱谈得身心憔悴，失恋少女也曾给自己下了死命令，比如一年之内都不准再谈恋爱。其实谈不谈恋爱并不是关键所在，关键在于失恋少女太容易喜欢上他人了。可能只是因为对方爱笑，或者长得清秀，或者身高让人产生遐想，也有可能是因为他们刚好喜欢同一部电影。

一旦坠入爱河，失恋少女之前下的决心就如同瞬间被狗吃掉一般，整个人不顾一切地要和对方在一起。她总是带着一种担忧的心情，就像小时候在商店里看中一个洋娃娃或一条漂亮的蕾丝公主裙，因为当时没钱买下，过了几天当她兴高采烈地拿着压岁钱跑去商店的时候，却发现都被人买走了。后来，失恋少女再也没有见到过相同的洋娃娃和公主裙，那种遗憾虽然比不上错过一个人或者失去一个重要机会来得大，但也占据了失恋少女很长的童年时期。

想到什么就去做。虽然谈一千个男朋友也未必遇到对的那个人，但万一第一千零一个就是你的“真命天子”呢！如果为了前面的一千个而放弃继续谈恋爱，那么自己错过的可是真爱啊！所以，就算做再多心理建设，失恋少女遇到喜欢的人依然还是会义无反顾地去恋爱。

失恋少女的朋友说：“你失恋的原因并不是没有遇到对的人，而是你自己的问题。恋爱里，想说什么想做什么，都应该向对方开诚布公。你别扭地想要成为对方心里那个美好的形象，只会适得其反。”

失恋少女若有所思，终究还是轻轻地叹了口气：“我知道啊，但我并不觉得是我的问题，我只是还没有遇到对的那个人，能够让我放心地做我自己而已。”

>>>4

在失恋少女的童年时期，父母感情走到临界点，家庭氛围充斥着冷漠和争吵，但因为失恋少女的原因，父母一直没有离婚。母亲常对失恋少女说：“你要乖要听话哦，不然爸爸妈妈就分开住。到时你跟爸爸，就再也见不到妈妈了。”虽然她的语气和表情都极尽温柔，但这句话的每一个字都像一根针，狠狠地扎进了她的心。所以只要在父母面前，失恋少女就永远一副乖乖听话的模样，她努力让成绩变好，主动帮忙料理家务，讨父母欢心，她实在太害怕他们离开自己了。

失恋少女的讨好型人格大概就是在那个时候形成的。但恋爱里哪有什么规则和诀窍。喜欢你，你就是杀人放火也是可爱的；不喜欢你，就算你是全市十佳优秀青年也不管用。所以，虽然失恋少女每次都想要找寻一点经验或者方法来维持这段感情，但都只能注定她输得一败涂地。或者说，是因为那些前男友们真的不够爱她，没有看到她倔强执拗背后不谙世事的温柔。

这是和最后一个前男友分手的第一百天，这一百天里，失恋少女拒绝掉所有的社交活动，除了上班几乎不再出门。她买了很多款十字绣，待在家里学刺绣。没别的意图，就是单纯地打发时间。她意识到，再这么恋爱下去，她整个人都会废掉的，为防止自己再突然喜欢上新的异性，她干脆推掉所有可能认识异性的聚会，她准备用时间来修复心里的创伤，否则即使真的再遇到“真命天子”，她也没法好好恋爱了。

为了打发时间，失恋少女给自己找了许多事做，除了十字绣，她还买了临摹书法的字帖，报了一个瑜伽班。瑜伽班里全是女同学，连老师也是女的，完全不用担心遇到异性。她在努力让生活更加充实，更加丰富，但每到晚上，失恋少女一个人的时候，她就会感到一种前所未有的空虚感。那种感觉深入骨髓，是从骨子里渗出来的，弥漫全身，早上醒来又重新退回到骨髓里。空虚和孤独在失恋少女的身体里伺机而动，随时出来侵扰她的生活。

失恋少女身边，从小一起长到大的许多朋友，都已经结婚，或者有了稳定的恋情。每次和她们一起聚会，失恋少女带去的男朋友都不是同一个。一开始大家觉得失恋少女好厉害，换男朋友跟换衣服似的，后来随着年纪的增长，对感情方面逐渐懂事些，再回头来看失恋少女，她还是毫无长进，大家对她的看法也渐渐变了。失恋少女自己也不好意思再拉着新交的男友去和她们见面。

明明大家从小都生活在一个区域，在同一所学校上学，吃同一个食堂的饭菜，和同样的男生接触，可为什么到最后却走上完全不同的两种人生轨道呢？失恋少女看着坐在对面的她们，脸上洋溢着沉浸在幸福日常里的喜悦，虽然略显庸俗，但那种充满烟火气的快乐，就是失恋少女想要实实在在握住的东西呀！

>>>5

在家闭关了三个月，失恋少女还是没能完成自我蜕变，却收到了第三任男友结婚的消息。真是不要脸，分手就分手，彼此老死不相往来就好，交往新的恋人、结婚生子都是自己的事，为什么还非得发信息通知前任？失恋少女气不打一处来，但想想又没有什么可气的。彼此没有关系了，对方要做什么又何必再去顾及她的想法呢。

失恋少女拿出没绣完的十字绣继续绣，针刺破了手指，血一下子冒了出来，把十字绣弄脏了一块。那一刻，失恋少女终于忍不住把头埋在膝盖里，呜呜地哭出了声。虽然每段恋爱都以失败告终，但这并不代表失恋少女对所有前男友都深恶痛绝。除了在分手的那一刻，她觉得他们非常绝情、可恶外，其余的时候，失恋少女还是挺感激他们曾给过自己快乐的。恋爱就是这样啊，既能给人明媚的幸福，也有痛苦与之相伴，正因为知道有苦，吃到甜的那部分才会格外珍惜。

或许有的人天生感情路上障碍重重，这跟优不优秀没关系，跟运气有关。失恋少女这个从小就缺“爱的糖果”吃的女孩，长大后会格外“嗜甜”。经历九九八十一难也好，只要在最后的最后，还有勇气去迎接那个未知的“他”，失恋少女就不信自己不能谈一场长久的恋爱！

不谈恋爱少女

是我自己太有意思，无须他人陪伴

不谈恋爱少女

特征
Characteristics

对爱情完全不感冒。不是因为没人爱，

也不是因为失恋留下过心理阴影。

只是单纯地觉得恋爱没意思，浪费时间，浪费生命。

这个世界上明明还有很多值得去体验的事，

为什么要局限于小情小爱?

不谈恋爱少女的目标可是星辰和大海。

>>>1

钟楚卓手机响第三遍的时候，她才听到。她正在网上看日剧，戴着耳机，吃着话梅，两耳不闻窗外事。

打电话的人是钟楚卓前段时间认识的一个男生，在朋友聚会上，对方对钟楚卓一见钟情，问她朋友要了她的联系方式后，就开始天天约她吃饭逛街。一开始钟楚卓没多想，就当是朋友一起玩，但渐渐地她发现苗头不太对劲。哪有朋友吃个饭还吃烛光晚餐的，哪有一进商场钟楚卓看中的东西他立马就买的道理，除了心怀“不良企图”，钟楚卓实在想象不出还有什么别的原因。所以后来钟楚卓就开始刻意和他保持距离，但对方依然不依不饶地给她打电话发短信。钟楚卓暂停了网页的播放键，接通了电话：“麻烦不要再给我打电话了，我很忙，对你没兴趣。”

二十多岁，钟楚卓已经不记得这是她第几次拒绝异性的好意了。她不想谈恋爱，虽然说不出特别的理由，可就是不想谈，她一个人都觉得时间不够用，两个人在一起，岂不是更浪费时间?

从小到大，钟楚卓在读书时代就是一个被异性视为“冰山”的存在。她永远是班干部，成绩优异，在女生里人缘极好，但对异性，她不是有意板着脸、不近人情，就仿佛从她身上散发出来的气味传递着“男生勿近”四个大字。有胆子大点的男生给她写情书或者把她堵在班级门口表白，但最后的结局都是被钟楚卓一本正经地批评：“小小年纪不好好学习，整天净想着这些无聊的把戏，我都替你感到害臊！”她一副大人的口吻吓得后来再也没有人敢主动和她表白，男生们都在背后给她取了个绰号——老巫婆。这名字带着半点不甘心的愤恨：他们凭什么要被这个小丫头片子教育“不懂事”呢!

等到大学的时候，钟楚卓终于不觉得早恋是个问题了，但依然对恋爱提不起兴趣。寝室里的其余三个女生都交了男朋友，每天回到寝室都会交流恋爱心得或者抱怨男友不解风情。每当她们问钟楚卓为什么不谈恋爱时，钟楚卓都会很吃惊，觉得大好时光谈什么恋爱啊，太费时间。她现在光是社团的事都忙不过来，哪还有心思谈恋爱。

当时钟楚卓参加了很多个社团，后来因为实在忙不过来，就只保留了两个。社团里有个男生很喜欢她，每次社团组织活动都挨着她坐，和她聊天，不过钟楚卓只是把他当成普通朋友。男生为钟楚卓做过很多事，比如早上送早餐到她寝室楼下，每个节日不管大小都会准备礼物给她。了解到她最喜欢的电影和书籍后，他自己也找来看，想要努力融入她的世界，了解她的喜好。但钟楚卓不为所动，最后在一次聚餐结束回学校的路上，她把他叫到一旁，很冷静地表明了自己的心意："我不喜欢你，更不想谈恋爱，你还是别把时间浪费在我身上了，去追别的女生吧！"

对方当时斩钉截铁地说"不"，说钟楚卓是自己这二十多年来遇到的最特别的女生，他才不要轻易放弃，他会一直等她。钟楚卓怎么说他都不听，一股不撞南墙终不回的势头。钟楚卓便也懒得理他了，任由着他去。男生鼓足劲又追了她一段时间，钟楚卓一直漠然对待，最后，那学期还没结束，他就偃旗息鼓了。

又过了一段时间，钟楚卓便看到他牵着另一个女生的手走在校园里。钟楚卓的朋友说她当初幸好没答应跟他交往，男生的话果然都不可信。钟楚卓倒没什么触动，她觉得挺好，从今以后再也没有人来烦她了。

就这样一路到毕业，钟楚卓成了恋爱绝缘体，但是她一个人过得风风火火的，不仅拿了四年奖学金，还每年旅行两次，外加跑步健身、去图书馆看完了一大半自己感兴趣的书。毕业后，钟楚卓找到一份不错的工作，用大学期间存的钱租了一间小公寓，一个人过得有滋有味。

钟楚卓很喜欢《生活大爆炸》里谢耳朵在霍华德婚礼上的致辞："人穷尽一生追寻另一个人的事，我一直无法理解，或许是我自己太有意思，无须他人陪伴，所以我祝你们在对方身上得到的快乐与我给自己的一样多。"

>>>2

到了二十四五岁，家里的亲戚开始忙着帮钟楚卓介绍对象。得知她还没有男朋友，个个跟打了鸡血似的，同事、邻居、朋友，只要是能辐射到的范围，凡是到了适婚年龄的异性，全都打听好，介绍给钟楚卓。幸好钟楚卓的父母很开明，从来不催促她结婚。在亲戚的轮番轰炸下，他们还主动帮钟楚卓挡住了那些相亲介绍，给了钟楚卓最大的自由。

因为漂亮优秀，钟楚卓身边从来不乏追求者。可是不喜欢就是不喜欢，也说不上具体不喜欢的缘由，与其说一直没遇到那个喜欢的人，不如说是因为钟楚卓对恋爱并无兴趣。她认为，即使是一个人待在家里看个电影，也比两个人在外面闲逛有意思得多。出去旅游时，钟楚卓更喜欢享受一个人的随意，不用去考虑另一个人的想法和喜好，更加不用因为意见不合而发生争执，一个人可以节约太多时间了。

二十七岁那年，钟楚卓做了一个令身边人都讶异的决定，她居然辞掉了月薪过万又不辛苦的工作，然后去山区支教。

"你是被网上那些情怀主义者给煽动了吧？"钟楚卓的朋友不理解。一直以来，她都很羡慕钟楚卓的工作，觉得薪资高又清闲，别人挤破头想挤进去的公司，她居然说辞职就辞职。如果是辞职创业或者跳槽也还说得过去，可是在二十七岁这个青黄不接的年纪，她居然要去山区支教！

钟楚卓在房间里边收拾自己的行李边回答朋友：“其实很早之前，我就想去了，但那时刚毕业，一分钱都没有，去山区支教的话，估计只会被饿死。现在虽然也没有多少钱，但好歹能够不工作一段时间，把年轻时的愿望给了结了。”

“你都快三十岁了呀！别人在这个年纪都忙着结婚，生小孩了。”

“结婚生小孩又不是我的梦想。”钟楚卓眨眨眼，一副天真无害的模样，“我现在还不想谈恋爱！”

“那是你还没有遇到自己喜欢的。”朋友走过去拉住钟楚卓的手，“赶明儿我给你介绍一个优质男人，别走了。”

钟楚卓挣开朋友的手，拍了拍她的肩膀：“就是宋仲基我也不想谈恋爱。”就这样，她走了，去山区做支教老师一做就是两年。在高海拔地区，她的皮肤被晒得黝黑，脸上和手上的皮肤因为气候的原因也变得异常干燥和粗糙。曾经有个记者听闻她的事后，去当地采访她。他拿着从钟楚卓朋友那里得来的照片，结果看到本人时，他惊讶得差点没叫出声来。

面前的钟楚卓起码比照片里的人老了五六岁，穿着粗布大褂，素面朝天，没有一点修饰，但还是很开心的模样，说话的时候一直嘻嘻地笑着，还请记者喝了当地的一种油茶。她牙齿很白，和皮肤的颜色形成鲜明对比。看到记者朋友一直诧异地望着她，她无奈地耸耸肩：“这地方擦再多防晒霜也没用，该被晒黑的还是要晒黑的。”

记者问她为什么要来环境这么艰苦的地方，钟楚卓说，她以前在网上看到过一篇曝光留守儿童的文章，很感动，那时她就决定以后要来支教。而且她觉得生命应该有不一样的体验才对，待在舒适的环境保持白白嫩嫩的皮肤固然不错，但那样更像一个瓷娃娃，什么都感受不到。

钟楚卓觉得，生命在于体验和自由。

>>>3

支教三年后，钟楚卓离开了山区。那时的她看上去已经跟城市的一切都格格不入了——穿着简朴的衣服，背着一款CHANEL包，给人的感觉更像是背了一个假货。三年里，她没有买过任何新衣服和包包，她去餐厅吃饭，服务员脸上的表情非常复杂，可是钟楚卓一点事儿也没有，照样点菜吃饭，吃饱喝足了就去附近的商场购物，给自己换了身行头，配着晒黑的皮肤，她干脆走起欧美风格，顺便把头发也给烫了。

钟楚卓一回来，亲戚朋友们又开始努力帮她物色合适的男友，可是钟楚卓这边刚歇息完，就忙着投简历找工作，还报了瑜伽班和法语班，每天忙得连上厕所的时间都在背单词。所以，哪有时间谈恋爱呢？

三十岁来临的那天，钟楚卓没有请任何朋友，她自己买了个蛋糕，喝了点香槟就算过了。闺密气得打电话来，说她不够朋友，给她庆生的餐厅都订好了，她居然放大家鸽子。钟楚卓解释了半天才让朋友消气。在山区的那几年，钟楚卓习惯了清净，随着年岁渐长，对聚会社交这类活动更加厌烦。三十岁，依然不能停下努力生活、认真赚钱的步伐，因为她对恋爱这事毫无兴趣，只能把欲望变现在其他地方。

谈恋爱也好，不谈恋爱也罢，我们所做的一切都是为了让自己过得更好，我们可以选择跟大多数人不一样的人生，用自己喜欢的方式过一生。

吃货少女

一旦陷入恋爱，就开始为体重烦恼

吃货少女

特征

Characteristics

吃，是挺重要的大事。

不仅要吃得多，更要讲究食物的工艺和味道。

在遇到喜欢的那个人之前，觉得食物大过天，

一旦陷入恋爱就开始为体重而烦恼。

谁说的“唯美食和爱情不可辜负”？

吃货少女真想把说这句话的人揪出来好好问问：“如果我胖得像只猪，

还会有人爱吗？”

>>>1

在吃完两大盘烤生蚝和三两猪肉白菜馅饺子后，麻圆才慢慢缓过劲来。她拍拍圆鼓鼓的肚子，一副死里逃生的样子，开始向我讲述她堪称九九八十一难的表白经历。

麻圆是个挺暖的女生。跟暖男暖掉身边一大丛妹子的“暖”不同，麻圆是个真真实实的“暖女”。跟她在一起，你很容易想到sunshine这个词，白胖胖的脸像元宵，眼睛细长，嘴角上扬，面相自带笑意，即使闭着眼睛睡觉也给人一种永远在做美梦的感觉。加之性格活泼外向，她和身边的人总能迅速地融到一起，不过她食量和体重惊人，所以性格再受欢迎，身边也没有一个追求者。

麻圆喜欢上牙签学长纯属偶然。她那天在学校食堂排队买早饭，刚好有她最喜欢吃的麻圆，她兴致勃勃地去排队。等轮到她时，就只剩下两个麻圆了。这对于一餐可以吃掉八个麻圆的麻圆来说，简直是人生惨剧啊！

刚好前面的牙签学长手里还拿着两个，麻圆两眼放光，抓住牙签学长的胳膊，像饿狼扑食一样凑过去：“等等，这两个麻圆可以让给我吗？”

牙签学长转过头瞟了一眼这个占据空间略大的女生，心里很轻蔑地冷笑了一下：现在的女生胆子越来越大，连这么胖的也敢来搭讪，真是令人头疼啊！每天被表白短信轰炸也就算了，现在连早饭都不能好好吃了。牙签忍不住扶额，而此时站在一边等得不耐烦的麻圆哪里还管得了他那么多心理戏，她直接把手里的大肉包塞给他，抢了麻圆就跑。

“……”牙签盯着手里的肉包，轻叹了口气。他是这么好糊弄的吗？以为给几个肉包就能感动他？

其实，麻圆当时根本没注意到牙签学长英俊的容貌和修长的身材，心思一股脑都在麻圆身上。

后来社团聚餐，牙签学长跟着朋友也一起来了。吃的是自助烤肉，这简直太符合麻圆的胃口了。他们坐在同一桌，牙签学长就在麻圆的斜对面。当他看到麻圆的时候，牙签学长以为自己被这个小胖妞给缠住了，正独自坐在位置上暗暗不爽，心里上演了一部《甄嬛传》后，他才发现，麻圆压根连看都没看他一眼，正专心致志地对付着盘里的五花肉和蛋糕。那吃相真是见者惊叹，不过社团里的人都已经见怪不怪了。牙签学长本来没什么胃口，但看麻圆吃得那么起劲，也忍不住夹了块五花肉填进嘴里。

这时，麻圆突然抬起头，一双细长的眼睛瞪得老大，她盯着牙签学长问：“你怎么可以吃我的五花肉！”

牙签学长无语：“哪里有说是你的？肉上面写你的名字了？”

“那是我刚放上去烤的，你要吃你自己烤！”麻圆说得义正词严，仿佛牙签学长吃的是她身上的肉。

牙签学长哪里受到过这待遇！一直以来他都是被女生们捧着顺着，要是吃了谁烤的肉，对方指不定开心成什么样子呢！麻圆这个小胖妞凭什么？在身旁几个人几番劝阻未果后，牙签学长吃光了麻圆烤好的所有五花肉，气得麻圆瞪着眼睛，恨不得一口吞了牙签学长。

“你凭什么吃我的肉？”

“我喜欢！”

“你必须给我重新烤一盘！”

“拒绝。”

“……”

>>>2

像是要故意和麻圆过不去一般，后来在其他场合，两人又冤家路窄地碰到过几回。麻圆都是一副如见杀父仇人、恨不得冲上去跟牙签学长拼命的神情。牙签学长身边的朋友开玩笑道：“这下你可闯大祸了，麻圆这女孩什么都好，唯一的死穴就是吃，你一来就触犯了她的命门，以后你日子可不好过了啊！”

牙签轻轻一哼，什么不好过？莫非她一个小胖妞还能把自己当五花肉给吃了！他不但没听劝，还故意每次见着麻圆都和她坐一桌，并迅速吃掉她面前的菜。麻圆喜欢吃虾，每次吃之前必须仔细去掉虾头、虾尾和外壳，牙签学长这个不要脸的，直接夹起虾就往嘴里喂，把虾头吐到一边，并以麻圆吃一只虾他吃五只虾的频率，迅速地吃掉一整盘，气得麻圆再次瞪他。

“看什么看？”牙签学长心里得意又轻蔑，云淡风轻地抽出一张纸巾，优雅地擦擦嘴，起身拂袖而去。他以为麻圆这小胖妞除了生气，拿他再无办法，所以只要有她的饭局，他一定到现场进行报复，弄得麻圆一看到他就会下意识地摸摸自己的肚子，如临大敌。

牙签学长很是得意，觉得自己大获全胜。后来每次有他的聚会，麻圆都躲得远远的，直到有一次学姐过生日，她实在躲不掉，故意晚了半个小时才来，坐下后也没吃多少。一问才知道，原来她在食堂吃了三两米饭先垫肚。

饭后大家一起去唱歌，麻圆既不喝酒，也不唱歌，守着一盘薯条自己吃自己的。这种场合麻圆每次都习惯躲在小角落里，她唱歌不好听，长得又不漂亮，离开了饭桌，焦点也从来不会在她身上。

这个时候，对面走近一个人，麻圆抬头，看到牙签学长端着一杯酒过来。她下意识俯身捂住盘里的薯条。

“……没人跟你抢。”牙签学长见状无语，见她身边冷冷清清的，问她要不要喝酒。

麻圆摇头。

“不会喝？”

“酒量不太好。”

“那有什么，喝两杯放松下。”牙签学长递给她一个杯子，给她倒满，“不然你待在这里多无聊啊！”其实当时牙签学长心里想的是，把这个小胖妞灌醉，让她出丑，拍下她的糗照日后作“威胁”用。

麻圆心地单纯，傻愣愣地喝了一杯后……就停不下来了。在酒精的作用下，麻圆兴奋起来，仗着自己壮硕的身材，硬生生地把话筒抢了过来，从《爱情买卖》唱到《青藏高原》，而且非让牙签学长跟她一起合唱。

牙签学长拗不过她，被她拽着，拿着话筒敷衍地咿咿呀呀，结果被麻圆一个巴掌呼过去：“好好唱！是‘青——藏——高——原——’而不是‘青藏高原’！”

牙签学长真是想死的心都有了，俗话说的“自作孽不可活”，他就是活生生的例子。

晚上回学校的路上，大家都不管他俩，看好戏的人让牙签学长一个人去扶麻圆。麻圆太重了，牙签学长人如其名，好在个子高，勉强可以搬动麻圆。大街上路过的行人对这两个人纷纷侧目，好奇地猜想他们的关系。

麻圆一只手搂着牙签学长的腰，另一只手顺势掐了一把，啧啧道：“身材挺紧实的啊，小伙子。”

“……”牙签学长终于忍无可忍，“紧实……紧实你妹啊……”

这时正好路过一对情侣，女生小声说了句：“那女的也胖得太吓人了吧，她男朋友审美真够奇怪的。”

话被牙签学长听了去，正准备把麻圆推开的他一下子把麻圆搂紧了，然后冲着那个女生大声说：“我审美有问题？你以为你男朋友审美就很好吗？我家麻圆再胖十斤也比你好看！”

后来，每次麻圆提起这段经历都一脸感慨：“我就是从那一刻喜欢上他的，从来没有人对我说过那样的话。异性尤其怕和我扯上关系，好像跟我亲近一点就会拉低他们的品位似的。”

我问：“那天你不是喝醉了吗？怎么还记得那么多？”

麻圆嘿嘿笑起来：“没，有点晕，装醉的。本来想捉弄一下他的，没想到阴差阳错却喜欢上了他。”

现实中的爱情，向来不讲天时地利，都是天雷勾地火，爱上就是爱上了。细究起来，原因都不堪一击，却成了青春岁月里的整段美好。

>>>3

麻圆真的喜欢上牙签学长了，这是她第一次谈恋爱。她手足无措不知怎么办才好，看到书上说，喜欢一个人恨不得把自己最好的东西都给对方，无论对方接不接受。

于是麻圆每天一大早去食堂排队，买了十个大麻圆给牙签学长作早餐。中午她又用手机团购了一份她一直舍不得吃的寿司套餐，送到他的教室里。晚上她硬是拉了四五个人给自己打气，叫来牙签学长吃火锅。隔着袅袅的热气，麻圆第一次吃饭吃得慢条斯理，一块肥牛可能咀嚼了不下五分钟。

“你咋啦？”牙签学长被她怪异的表现弄得浑身不自在，“你最近在减肥吗？”一问完，还没等麻圆回答，他又自顾自地摇头，“呵呵，你要是都能管住嘴，那广州都要下雪了！”

结果那顿火锅，麻圆愣是只吃了几片肥牛，别的都没碰。结完账回去的路上，牙签学长有些心虚，戳了戳麻圆胖胖的胳膊：“喂，你真的饱了吗？要不要再吃个烧饼什么的，我给你买！”

麻圆摇摇头，闷声道：“不吃！”

“哟，你该不是真减肥呢吧？”牙签学长以为自己之前的话伤了麻圆，有些愧疚，拉住她的胳膊朝路边夜市摊走去，“哎呀，其实你胖胖的，挺可爱的，那些瘦子都瘦得雷同，你胖得精致好吗！”

在牙签学长的撺掇下，麻圆吃掉了两份炒河粉，喝了一大杯酸梅汁。吃饱后麻圆满足地打了个嗝，抬头看到对面的牙签学长正看着她，脸一红，问道：“你看我干吗？”

“哈，每次看你吃东西都特别有食欲。”

“……那，你要不要再吃点？”

牙签学长摇头，喝了口自己杯里的饮料，说：“告诉你一个秘密吧。”

见牙签学长突然认真的神情，麻圆也被带动着严肃地点了点头。

“其实我有间接性厌食症。”

“啊？”

“我就知道你会是这个表情。”牙签学长笑起来，“高考结束的暑假，我每天都在外面玩到很晚才回家。因为我父母闹离婚，他们每天都在吵架，我觉得待在这样的家里特别无趣。那时候我只觉得大人真烦，并没有设身处地为他们想过。我母亲的情绪濒临崩溃，我一点也没察觉到。她每晚都给我打电话，让我回家吃饭，次数多了我都懒得接。结果她出来找我，发生了车祸……

“我回家时，家里的餐桌上还留着我最喜欢吃的糖醋排骨和红烧鱼。从那以后，我一吃东西就常吐，医生说我是间接性厌食症。不过我从来没跟身边的朋友说过，他们都以为我这么瘦吃不了多少东西，也是理所应当。

“直到碰到你这个吃货。那天看到你吃烤肉的认真劲，不知怎么的，我突然也有了食欲，那一次吃掉的肉比这一两年加起来还多，也奇迹般地没有吐。”

牙签学长一口气讲了很多，麻圆还在努力消化中。不过当她听到最后一句话时，她一下子懂了，原来牙签学长说这么多是为了变着法夸她——如果能吃也算是一种赞美的话。

“那你以后要是吃不下东西，就来找我，跟我一起吃饭。”麻圆一脸义气，没想到有生之年还能靠吃饭这一特长跟男神走近。

后来，牙签学长找麻圆吃饭的次数越来越多。在麻圆这个资深吃货的带领下，他们吃遍了学校附近所有好吃的餐馆，吃遍了大学城里最有名的几个学校的食堂，吃遍了市区最有特色的料理……到了长假，两个人还一起相约结伴出去，吃了成都的冒菜芋儿鸡、重庆的小面火锅、西安的肉夹馍……但这并没有让牙签学长对麻圆产生任何友情以外的念头。他对麻圆的下意识反应永远是：“麻圆，这个串串看着好好吃，你快吃，看你吃我才有食欲！”“天哪，这个牛肉锅盔太酥脆了吧，麻圆你快吃，我实在吃不下了，你多吃几个把我的那份也吃掉！”

所以，麻圆在喜欢上牙签学长后，体重非但没减少一点，还迅速胖了十斤。可麻圆一点都不伤心，脸上全是正在恋爱的少女才有的那种幸福神采。她觉得自己即使名义上不是牙签学长的女友，但每天能和他在一起也就足够了。

可惜这天真的想法很快就被其他人给打破了。新生入学，一个漂亮的学妹喜欢上了牙签学长。她很瘦，唯独脸上有些肉，是包子脸，但看着很可爱，她吃东西的时候，跟麻圆如出一辙，看她吃东西的人都忍不住多吃两碗饭。她以猛烈的攻势向牙签学长表白，然后每天像条小尾巴似的屁颠屁颠地跟在牙签学长身后。

麻圆这才体会到危机。

>>>4

麻圆抓住我的手，一副痛定思痛的神情望着我：“我一定要瘦下来，你说我瘦下来是不是要比那个整天缠着牙签学长的女生漂亮?”看着麻圆端正的五官，我郑重地点了点头。

从此，麻圆开始了她漫长的减肥生涯。过午不食，每天跑步五公里，没到一周，她就因体力不支晕了过去。本以为她会就此放弃，结果休息了两天后，她又开始进行她的减肥计划。她的头发大把大把地掉落，脸色也因为营养不良变得蜡黄，但只要看到体重秤上掉下去的数字，她就开心得跟个小孩子一样。那学期，牙签学长每次喊她出去吃饭，她都拒绝，她想着要等到自己蜕变成最好的模样，才“嗖”地出现在他面前，惊艳死他。

最后麻圆瘦了四十斤，走到服装店，再也没有导购员对她说：“这衣服有超大码，可以拿给你试试。”她还学会了化妆，把头发也烫得柔顺，并穿上了漂亮的裙子，但牙签学长已经和那个学妹在一起很久了。朋友圈有人惋惜，说麻圆要是不离开战场去减肥，一直守在牙签学长身边，牙签学长就不会被别人抢走。麻圆没说话，低头吃着碗里的蔬菜沙拉。

后来，麻圆和牙签学长再无交集。直到毕业，在牙签学长的毕业送别宴上，麻圆才再次见到他。牙签学长早已和那个小学妹分手，他端着一杯酒笑意盈盈地对麻圆说：“哟，难怪之前叫你出来吃饭总不给面子，原来偷偷去修炼，变成大美女了。”

麻圆沉默着，笑了笑，仰头喝光了杯里的酒。之后一别三年，在任职的公司里，麻圆再次见到了牙签学长，不过此时的他是甲方派过来的项目负责人。两人相视一笑，麻圆默契地说：“走，带你吃遍这附近的美食一条街。”

在减肥成功后的一年里，麻圆曾反弹十斤。她依旧爱吃，只是不再暴饮暴食。现在的她看上去肉肉的，跟瘦无关，却有一种别样的舒心。

和牙签学长吃完火锅、烧烤，两个人站在街边喝着手里的热咖啡，麻圆终于忍不住将多年来的心事告诉了牙签。

“你知道吗？其实在大学的时候，我就喜欢你了。

“很喜欢，很喜欢，为了你，我才瘦下来的。

“这些年我没谈任何恋爱，因为我依然喜欢你……”

>>>5

“然后呢？”等待着剧情后续发展的我，迫不及待地想知道结果。

麻圆打了个猪肉白菜馅饺子味的饱嗝，说：“他已经有女朋友了，准备年底结婚。”

然后是一阵静默。我想着该怎么安慰这个傻胖妞，倒是麻圆自己先开了口：“都已经过去了，其实想想，喜欢他这么久就像是做了一个梦。不愿从梦中醒来的人是我，但现实却让我不得不明白，那些年少的情愫更像是夏日夜里的夜来花花香，只存在于那一刻、那一秒的美好，后来的念念不忘也已不再是同样的心情了。”

麻圆去参加了牙签学长的婚礼，在婚礼上，她吃掉了整整两大盘虾。再也没人跟她抢了，真好！

牙签学长带着新娘过来敬酒，麻圆端起满满当当的一杯酒，笑意盈盈地望着牙签学长：“来来来，喝完这杯，再来一杯！”

牙签学长伸出手摸摸她的额头：“你这还没喝，就醉啦？”

麻圆已经仰头喝干了杯里的酒，放下酒杯，她看向新娘："祝你们百年好合，白头偕老！"

真是俗之又俗的话。

其实麻圆想说的是：敬往事一杯酒，再爱也不回头！

不回头，不回头。这是对所有过去深爱过的或依然爱着的人最好的祝福。

从此明月在，往事已成灰。

有时我在想，如果当时麻圆一直待在牙签学长的身边，会不会发生另一个版本完全不同的故事？看着照片上牙签学长的新娘那圆圆的带着笑意的脸，有那么一瞬间，我把她和麻圆联系到了一起。

2015年的冬天，广州真的下雪了。看到这则新闻的时候，麻圆脸上浮现出一丝苦笑。她想起很多年前，有个人对她说："你要是都能管住嘴，那广州都要下雪了。"

世事难料，永远不要太早给自己和他人下定论，也许当初再坚持一会儿，就是另一个版本的结局了。

只是人生没有如果，每段命运都是我们自己的选择。很多时候，我们以为是命运早已安排，其实不过是我们选择了命运。

暴食症少女

一直吃下去，才能暂时脱离心中的枷锁

暴食症
少女

特征
Characteristics

不同于一般意义上的“吃货”。

暴食症少女的吃，是迫于无奈，她们无法享受到吃东西过程中的喜悦，

只是单纯为了填补心里的缺失。只有暴食才能化解她们心里的郁结，

吃，只是机械性的自我麻痹，却从来不能因此而得到真正的救赎。

有句话说得好：世上没有什么事是一顿火锅不能解决的，

实在不行，就两顿。

对暴食症少女而言，只有一直吃下去，才能暂时脱离心中的枷锁。

>>>1

暴食症少女心里有一个秘密。

当心理治疗师说出这句话的时候，暴食症少女心里一怔。

来之前，暴食症少女给自己做了许多心理假设，以为一坐下来就要向对方坦白自己所有的事，她最害怕这个。就算打着心理治疗师的名义，对方也只是个陌生人，她没法把自己当成一个病人——真的把所有痛症都一股脑告诉他。结果对方拿出纸和笔，让她先在白纸上画一幅画。

暴食症少女照做了，对方看完，直接一语中的："你心里有一个秘密。"

一开始暴食症少女觉得这医生真牛，一眼就看出问题端倪，但仔细想想，好像哪里又不对劲。活了将近三十年，谁没个秘密啊！这不是讲出来搞笑吗！

"你可以试着放下戒备，跟我讲讲。"

暴食症少女翻了个白眼："都说了是秘密，怎么可能跟你讲？"说完暴食症少女抓起包，在对方尴尬的目光中潇洒大气地走了，以至于忘记一开始是她自己要来接受心理治疗的。

但一出医院，站在人来人往的街头，暴食症少女心里的那根平衡木又掀翻了，她感到面前有一个巨大的黑洞将要吞噬自己。往周围繁闹的街道迅速扫视了一眼，暴食症少女很快找到了一家快餐店，走了进去，要了一份汉堡、一份大薯条、两份鸡肉卷、两份鸡米花、一盒蛋挞，外加一杯大可乐，找了个人少的角落迅速吃完。

对于吃东西，暴食症少女有着难以言明的羞耻感。平时和朋友出去吃饭，她都吃得很少，等到大家散场，她又一个人偷偷找个地方疯狂暴食。每次暴食完，出于负罪感她又跑到卫生间用手指抠喉咙，把东西全部吐出来，所以暴食症少女看上去并不胖，只是脸因为常年呕吐出现了浮肿状态。

暴食，也是暴食症少女的秘密。

在快餐店吃完东西，一口气喝光所有可乐，这样她才方便待会儿去卫生间催吐。暴食症少女每次催吐完心里都会涌出一阵巨大的空虚感。她不知道自己怎么会变成这样，感觉自己就是个怪胎。幸好历史上有位名人跟她有着一样的经历，那就是戴安娜王妃，王子说他们的蜜月期里都充满了呕吐的味道。

暴食症少女只能以此安慰自己，连堂堂的王妃都有过催吐的怪毛病，说明催吐也没那么猥琐不堪，起码还能维持身材。催吐跟暴食都是一种瘾，有了第一次，就会有第二次。没试过的人不会明白其中的快感，但这快感是跟痛苦连接在一起的，它们像是连体婴儿。暴食症少女觉得自己随时都会再崩溃。

>>>2

已经一年多没和他联系了，每天都忍得格外难熬，但居然也这样过去一年多了。这儿百天的日子，就像做了一场漫长的梦，可惜暴食症少女并没有醒来。

那个秘密成了暴食症少女的心结，她承诺过这一生都不会再让第三个人知道，直至死亡，她认为直到归为尘土她也会依然爱他。以前看安妮宝贝的书，看到“我相信你。依然。始终。永远”这句，她只觉得这是女作家故作深情，现实里哪会有矢志不渝、海枯石烂？深情终会消散，爱意只是惘然。现在回过头再看，竟觉得这句话简直成了她一生的命运。虽然她不过二十七岁，下半生还长着，但她就是知道，她再也不会遇到更爱的人了。

他们是四年前认识的，认识那会儿他已有未婚妻。非常狗血的相见恨晚的戏码，几经纠缠，最后他还是选择了未婚妻，但他们并未因此斩断联系，而是断断续续地维持着地下恋情。暴食症少女一开始把这事告诉自己的朋友，朋友让她立马断绝和他的关系。不是没想过分开，但每一次分开，都只是让暴食症少女意识到自己不能不和他在一起。

这个世界上，一个人确实不会因为失去另一个人而无法生活，但比起这一生做错事更可怜的是，从来没有真正爱过一个人。

暴食症少女看着他们结婚，送去祝福，却依然和他保持着来往。本来一开始暴食症少女以为自己只要遇到新的喜欢的人，就能狠心断掉了。但一晃三年，暴食症少女周围也不是没有出现过对她表示有好感的异性，可心里装着一个人，又怎么可能让其他人再住进来？而三年的时间，很多东西也在渐渐改变。

暴食症少女依然独身一人，这难免让她对未来感到恐惧和惶惑。再看对方的生活状况，家庭和睦，妻子已经怀有身孕，完全是一家三口幸福美满的和谐画面，暴食症少女又算什么呢？何况孩子是无辜的，他需要完整的父爱母爱，一旦她和他之间的关系曝光，后果可想而知。

得不到完整的爱，也没有自己的家庭生活，暴食症少女感到一阵前所未有的惶惑，她就是从那段时间开始偷偷暴食的。只要他不在身边，暴食症少女就会恐慌，失去安全感，然后去超市买回大包大包的食物，拆开坐在地板上狂吃。吃东西这种单一的机械运动可以缓解她的焦虑和不安，等胃填满了，心好像也没那么空了。但没过多久，暴食症少女就发现自己的体重猛涨了好几斤。她无法忍受自己这样，便用手指去抠喉咙催吐，防止体重上涨。一来二去，暴食，催吐，成了连锁反应，每次一旦吃多，暴食症少女就会躲进洗手间，直到把食物全部催吐出来为止。

长期的压力，让暴食症少女彻底崩溃，她终于受不了无法完整拥有一个人的生活，她决定跟他断绝来往。她知道，以她的性格简单地说“分开”是做不到的，为了彰显决心，她辞了职，离开了那座城市，换了所有的联系方式，把自己和过去的人生撇得干干净净。

不决绝，就没法选择新的生活。

>>>3

可新的生活并没有如期而至。

远离了过去熟悉的环境，妄想短时间内展开新的生活，到底是不切实际的。狼狈地一路逃到这里，暴食症少女一瞬间仿若是个没有过去的人。行走在人来人往的街道，她不知道哪里才是归宿，而来路早已回不去了。

她的新工作是在一家杂志社做编辑，暴食症少女负责美食板块，需要每周去外面跑各条街道寻找特色美食，或者直接跟杂志社联系好的店家做采访。

那天，暴食症少女因为前一晚的暴食和催吐，整个人显得毫无气色，脸也浮肿。她从公司拿完录音笔和资料后，先跑到附近的百货大楼，在柜台挑选了一支唇膏，对着镜子涂好后才往约定地点出发。红色的唇膏让她的肤色变好了些，但眼神恹恹的，一副永远睡不醒的模样。采访的对象是一家马卡龙店的经营者，他三年前开了这家店，店里售卖各种各样的马卡龙，生意很好，在这座城市小有名气。

暴食症少女赶到咖啡馆的时候，对方已经到了，是一个穿休闲服的男人，他看上去很年轻，冲暴食症少女招了招手。这个男人叫C先生，他从桌子下拿出一个精致的盒子，递给暴食症少女，说是店里新推出的产品。盒子上有一层透明的塑料膜，可以清楚地看到里面一个个色彩鲜艳排列整齐的马卡龙。暴食症少女接过后笑笑，说了声“谢谢”，打开录音笔，开始进入正题。

两个人从大学毕业，聊到为何创业开甜品店，暴食症少女在了解C先生的过程中，脑海里也渐渐呈现出他的人生脉络：小时候几乎没吃过什么苦，是一个在优渥家境里长大的孩子，父亲期望他成年后从事律师或医学方面的工作，结果大学毕业后他在律师事务所没待上两年，就辞职跑去国外学甜点了。

“为什么想要学甜点呢？”暴食症少女问，“而不是学咖啡学调酒，或者其他什么的？”

“因为我的初恋很喜欢吃甜食！”这是谈话以来，C先生脸上第一次浮现出温柔的神态。他之前虽然一直保持着笑容，但更多的是一种礼貌客气。“后来她喜欢上别人，跟我分手了。那段时间我很沉郁，对生活失去了目标。每天上班都像行尸走肉一般，我意识到，其实我一点也不喜欢做律师或者医生，机缘巧合的是，我最低落的那段时间，有个喜欢我的女生帮我报了一个甜品DIY课程，说是参加可以放松心情。没想到去了之后，我一发而不可收地爱上了做甜品。”

“所以你就不顾家里的反对，去了国外学做甜品？”

“是的，一开始我甚至还想着我要做出世上最好吃的蛋糕送给初恋，那时挺单纯天真的，总觉得人这一生喜欢上了一个人，就得是一生一世。”

暴食症少女喝了口咖啡，咂咂嘴，接着问：“那个喜欢你的女生呢？后来还有没有联系？”

“她去年结婚了。”

然后是一阵短暂的沉默，暴食症少女想从面前这个男人的脸上找出一点失落或者难过的神态，但他始终保持着之前的笑容。好吧，暴食症少女决定作罢。

“这周末店里要举办一个主题活动，你到时来参加吧！”C先生在暴食症少女走之前，递给她一张邀请卡，“有空就一起过来玩。”暴食症少女接过，顺手丢进了包里。

>>>4

到了深夜，客厅茶几上的那盒马卡龙成了诱惑暴食症少女的魔鬼。暴食症少女躺在床上，想要用睡眠来压抑她想吃东西的心情，可是心里却像有无数只猫爪在挠痒痒。暴食症少女在床上翻来覆去，抱紧枕头发出痛苦的低吟，胃里像是有一万头猛兽在呼喊。如果吃了那盒马卡龙，暴食症少女还会用更多的东西来填满自己永远不能满足的肠胃。

挣扎了近半个小时，还是没能忍下来。暴食症少女起身穿上外套，趿拉着拖鞋在客厅里走来走去，最后暴躁地抓起那盒马卡龙，撕开包装盒，拿出其中一个直接一口喂进了嘴里。马卡龙太甜了，甜得发腻，暴食症少女蹲下身，一边咀嚼着嘴里的食物一边痛哭起来。那种无法自控的无奈和对自己的失望，像泉水一样汩汩不断地流出自己的身体。

一盒马卡龙在五分钟内就被暴食症少女解决完了，吃完后她去冰箱拿出早上没喝完的牛奶往嘴里灌。对于食物的欲望，此时就像一只张开獠牙的野兽。暴食症少女拿着钥匙下楼，“吃什么”在她脑海里一直盘旋不断。虽然有暴食症，但不代表她对食物毫无选择。此时此刻，暴食症少女想要吃可以刺激味蕾的食物，最好是辣椒，可以“啪啪啪”地在舌尖上跳舞。

现在将近午夜一点，暴食症少女开着车，在这座还不太熟悉的城市里转悠。家附近没有营业的火锅店了，只能往更远的地方走。最后她在市中心一条街道上看到一家火锅店还亮着红红的招牌，还有不少人坐在店里喝酒吃东西。暴食症少女一看到这种热闹的场景，心里也兀自温暖起来，之前暴躁的心情慢慢平复。她进店，找了张桌子坐下，老板问她几个人，她有些不好意思地伸出手指比了个“一”。

她在菜单上快速地勾下毛肚、肥牛、鸭肠、香菜、丸子、鱿鱼、土豆、苕粉……然后交给老板。她先要了杯豆奶喝着，眼睛直勾勾地盯着刚端上来的汤锅。想到待会儿就可以大快朵颐、把所有食物装进胃里，暴食症少女好像也没那么难过了。

难过什么呢？过去的已过去，未来还没到来。她处在这个无法前进和后退的困境里，像一条被抛上岸的鱼，暴露在空气中，随时都会死掉。

上菜了，暴食症少女抽出筷子，快速地把肉放进锅里。太慢了，她想喝汤的心都有了。突然，她想起可以先叫份红糖糍粑。不，两份！她可以吃很多很多份。

“嘿，怎么一个人在这儿？”

暴食症少女抬头，侧着脖子才看清说话的人。是C先生。

“吃……火锅啊……”暴食症少女无力地回答道。

“夜宵吃得真丰富。”C先生说着已经坐到对面了，看样子他是想和暴食症少女一起吃。

暴食症少女不喜欢和别人一起吃东西，尤其是自己暴饮暴食的时候，让别人看见她这副模样，她觉得很羞耻，可好像又没有不让他一起吃的理由。

“你也一个人？”她问。

“是呀！本来是给附近的朋友送东西，结果送完路过门口时，被香味勾引进来了。”C先生耸了耸肩，“没料到居然会碰到你，看来今晚我有口福喽！”

暴食症少女心里“呵呵”地笑了笑，看着对方已经不客气地开始吃她的红糖糍粑，她眼睛都直了。算了，反正和他也不熟，暴露就暴露吧。暴食症少女拿起筷子直接夹了两块，几乎用五秒的速度就迅速吃完一块糍粑，毛肚随便涮涮就蘸好酱吃进嘴里。

C先生本来没有太多食欲，看到暴食症少女一直不停地吃，又多加了份毛肚和肥牛。两个人不说话，都埋头专心吃各自的东西，墨守一个成年人的本分。

一吃起来，不吃到快要吐的程度，暴食症少女是不会停下来的，所以当C先生放下筷子的时候，暴食症少女还在继续吃。最后又加了份猪脑，被她一个人全都吃完了。

“看不出你这么瘦，居然吃这么多。”

暴食症少女没理他，吸溜着碗里的苕粉。吃到最后，她终于感到胃受不了了，吸了口气，放下筷子，咕噜咕噜地把瓶子里剩下的豆奶喝干净，然后往卫生间跑去。

>>>5

吃完火锅，两人去江边吹风。刚催吐完不久的暴食症少女已经毫无食欲，而C先生则一个人优哉游哉地喝着热奶茶。

“好像很久没这么惬意地来江边散心了。”C先生感慨道。

“工作很忙？”

“算是吧！”C先生突然幽幽地冒出一句，“以前倒是经常和她来，后来一个人了，也就没有什么理由和心情来了。”

“她？初恋女友，还是？”暴食症少女没按捺住好奇心，追问道。

“曾经喜欢我的那个女孩。”C先生倒是毫无隐瞒之意，很坦白地说道，“当她喜欢我，为我做很多很多事的时候，我的心思压根不在她身上。后来出国，和她时常在网上联系，我才看出她对我的心意，但我却装作什么都不知道的样子。大概是习惯了她对我的好，习惯了她的喜欢，于是自私地不愿意多看她一眼。”

C先生说，年轻的时候不明白什么是爱。以为喜欢就能代表爱情，以为和一个人在一起就是一生一世，后来当他发现那个喜欢他的女孩才是他想要的爱情后，对方已经嫁作他人妇了。

“我回国后开店创业，她也帮了我很多，可等我真正发现自己不知道什么时候已经爱上她时，却已经一切都来不及了。”

那是2014年到2015年的事，在这两年间，如果C先生及时醒悟，一切都还有挽回的可能。但整整两年时间，他都没有弄清过自己的心意。

2014年，马航失联，马云成为首富，冰桶挑战盛行一时；2015年，尼泊尔大地震，南方暴雨，长江游轮沉没。我们遇见了所有大事，却在遇见一个对的人这件小事上屡次失手，最后终于承认，滚滚红尘里个人命运在其中都是微不足道的。

“错的时间遇到对的人，总是很无奈吧！”暴食症少女想到自己，轻轻叹了口气。对于那个他而言，她是否也算是失之交臂的“对”的那个人？

这世间的爱情总是如此，就算遇到可以相携一生的人，到头来也会留有遗憾。遇到无法在一起的人，则更不用说了。没有两全其美，大家都不过是在繁杂世界里挣扎生存的蝼蚁。

世界就像一个巨大的游乐场，它让人兴奋，也让人惶惑，因为热闹散场后，永远是有限的温存，无限的心酸。

回家后，暴食症少女躺在床上一直失眠到凌晨。早上起床她没去上班，而是拿出扔进抽屉里的名片，拨通了上面的电话。

“喂，我是上次来过的那个人。嗯……上午可以约个时间聊聊吗？上次的事，我很抱歉。关于我病情的事，这次我想再试一次。”

挂断电话，暴食症少女对着空气发了会儿呆。明天周末，桌上马卡龙店的

邀请函闪闪发亮，她不知道这算不算是新生活的开始。

或许人生就算经历再多曲折，我们能够做的，也不过是吃饱饭，然后继续走下去。

废柴少女

除了没钱没男朋友，好像也没什么波折

废柴少女

特征

Characteristics

全身上下没有一个显著的优点，近三十年的人生经历里，

最自豪的是小学一年级拿过双百分。

长大后，当身边的人都开始步入人生正轨：工作，恋爱，结婚，生子……

废柴少女却遭遇了无工作、无存款、无男友的生活境地。

“唉，难道这个世界上就不允许废物存在了吗？”

>>>1

冬天已往，雨水送走了寒冷。当万物都沐浴在春天的恩泽里，废柴少女还留恋着冬日赖床的时光。废柴少女最喜欢的季节是冬天，这个季节里，天大的事都可以容后再说，懒惰也可以成为她光明正大的理由。

“没办法嘛，太冷了起不来床！”“这么冷的天，能够出门，已耗尽了所有勇气……”总之，天冷可以消耗人的好胜心和欲望，除了窝在被子里睡觉，其他都是小事，但对废柴少女而言，一年四季都是冬天。

自从丢掉上个工作后，废柴少女便一直待业在家，靠可怜的存款维持着拮据的生活。每天睡觉睡到自然醒，只吃两顿饭，醒来看看漫画，玩玩游戏，然后打开电脑搜出招聘网站，批量投递一圈简历。废柴少女对工作并无太多要求，只要公司准时发工资就好。以前待过的两家公司发薪水都不准时，家里都快揭不开锅了，工资还迟迟发不下来。废柴少女只能向父母求助支援。

废柴少女已经工作七年，将近三十岁，还没有一份稳定的工作，也没有固定存款，一个人租在老小区的单身公寓里，身边连个像样的异性都没有，更别说男朋友了。废柴少女的父母已经对她放弃了，每次废柴少女打电话给他们，用脚指头都能猜到，肯定又是来找他们求助的。这么大的一个人了，还没办法养活自己。别人父母都恨不得自己的儿女天天来电话，废柴少女的父母则对她的电话避之不及。

废柴少女投完简历后，茫然地躺在地板上望着天花板。工作对她而言，只是生存下去的工具，她没有什么特别的兴趣爱好，所以做什么都是一样的。每次面试，对方一看到她的简历，脸上就露出惊讶的表情：“没有计算机证书、英语证书、驾驶证……那你还有别的什么特长吗？”

坐在对面的废柴少女同样回以一个惊讶的表情："啊？我……我没什么特长……除了头发特别长以外。"将近三十岁的人了，还要跟一群二十岁出头的大学生争抢一个小职位，说实话，废柴少女真的蛮心酸的。废柴少女看着等候面试的年轻人，望着他们脸上满满的胶原蛋白，感觉下一秒自己就要入棺材了。她实在怀疑自己存在于这个世上的意义，像她这种长相普通、毫无特长、性格又不可爱的女生，存在的意义到底是什么呢？

或许是为了突显那些可爱、漂亮、有趣的人吧！废柴少女重重地叹了口气，感觉未来一片灰暗。

>>>2

出门觅食。废柴少女在常去的那家食店遇到以前的同事，她们刚从美容院出来，手里还提着大包小包的购物袋，看上去神采奕奕、红光满面，有种说不出来的味道。和她们相比，废柴少女暗淡得就像太阳下的阴影。

"好久不见啊！"同事们亲热地跟废柴少女打招呼，其实她们对遇见她毫不在意。

废柴少女点了份猪扒饭，心里默默计算着银行卡里的钱还够吃几顿猪扒饭。同龄人大多数都已经有一定能力去享受生活了，比如逛街、做头发，或者吃一份价格不菲的牛排犒劳自己，或是考虑放假去周边游还是出国……好像只有她自己，还在能不能吃饱饭这条生存线上拼命地挣扎着。

收到面试通知的时候，废柴少女正在超市比较两个不同牌子的方便面哪种更实惠。这时手机响了，传来的是有些冷冰冰的男声："明天上午十点，到×××准时参加面试。"

废柴少女还没反应过来，对方已经挂断了电话。她压根不记得这是一家做什么的公司，但幸好她知道那个地方。废柴少女斗志满满，回到家洗了个澡，用吹风机把头发吹出一个造型，找出她最正式的一套衣服。

第二天，废柴少女特意在楼下早餐店吃了一根油条加两个鸡蛋。在废柴少女小时候，每次考试当天早上，妈妈都会给她准备这样的早餐，说是吃了就可以考一百分。虽然年年吃，但废柴少女除了在小学一年级外，再也没有得到过人生的第二次一百分。可这件事成了习惯，只要一有重要的事，废柴少女在当天早上还是会雷打不动地吃一根油条加两个鸡蛋。

当废柴少女给自己打足底气找到面试公司地址后，她才发现这根本不是一家公司，而是一家很小的宠物医院。给她打电话的人就是这家医院的老板，他戴着一副眼镜穿着白大褂出来迎接她。

对方几乎没看废柴少女的个人简历，先把自己的情况介绍了一下：郑话，二十六岁，刚毕业没多久，自己开了这家宠物医院，就他一个人，需要个帮手。暂时请不起专业的护士，对他而言，只要是个女的，年纪稍大点，不太笨，薪资要求不高就行。而在茫茫的简历中，郑话基本只找到了废柴少女一个这样合适的人。

废柴少女很高兴能有一份工作，第二天就高高兴兴地上班去了。郑话给猫猫狗狗做手术的时候，废柴少女负责递东西，消毒麻醉，还有安抚猫猫狗狗的情绪。猫猫狗狗的脾气比废柴少女大多了，一不小心就挠破废柴少女的皮肤，还张牙舞爪地示威。这工作要是换了别人，早就卷铺盖回家了，太折腾人了，一周下来，废柴少女手上的皮肤没一处是完好的。

周五那天，郑话给一只狗打完针后，面瘫脸地转向废柴少女："明天有空没？"

“有啊，怎么了？”废柴少女无时无刻不有空。

“一起吃个饭吧，虽然店里只有我们两个人，但也该有个仪式。”郑话取下手套，略作沉思，“烤肉，还是火锅？”

“烤肉吧！”两个人吃火锅太冷清，显得很奇怪。废柴少女有点高兴，两只手在面前挥了几下，不知道该往哪里放，又缩了回去。

“把手伸出来。”

“嗯？”

“伸出来！”郑话从医药箱里找出纱布和红药水，把废柴少女手上被抓伤的地方都擦上了药水，严重的地方用纱布包好，“捉猫捉狗的时候，不能硬生生地扑上去，应该这么抓，这么抱。”郑话一边说着，一边对着空气演示。

结果废柴少女没忍住，笑了。

“有那么好笑吗？”

“你的动作很好笑。”

>>>3

烤肉在铁板上发出“滋滋”的声音，废柴少女已经不自觉地咽了好几口口水了。她抬头看了眼对面端坐着的郑话，他连烤个肉都跟做手术一样，计算着每一片肉每一面被烤的时间——不多不少，肉熟，夹到废柴少女面前的盘子里。废柴少女早已等不及了，伸手抓了叶生菜，蘸上蘸料，包好，一口塞进了嘴里，咀嚼了几下，就没了。

“好好吃！”废柴少女由衷地赞叹道，“肉烤得刚刚好，再多一分显老，少一分缺味！怎么可以烤得这么好吃！”

郑话无语，夹起新的生肉放到铁板上：“吃个饭话怎么这么多？”

废柴少女不喝酒，但那天还是倒了一杯啤酒，为了和郑话干杯：“希望我们店的生意越来越好！”废柴少女兴致勃勃，反而显得郑话平静冷漠了许多，但这并不影响废柴少女的心情。

“冰啤酒真好喝，夏天就要喝冰啤酒！”

郑话继续无语，看到废柴少女的白痴样，他完全不想搭理。郑话二十六岁，迄今只谈过一次恋爱——四年，差点结婚。就在婚礼的前几天，新娘居然跟别的男人跑了。所有人都对郑话表示同情，只有郑话毫无表情地面对这一切变故，又毫无波澜地处理完所有善后工作，甚至还前去安慰了逃跑新娘的父母。之后，郑话离开家乡来到这座城市，开了这家宠物医院。

废柴少女吃高兴了，又喝了几杯冰啤酒，也喝尽兴了，有了些许醉意。回去的路上，她很开心，止不住地拍郑话的肩膀：“你真是我工作以来，见过的最好的老板！请我吃饭，还帮我擦药，这还是我第一次在工作岗位上被重视欸，我终于感觉到自己不是废柴了……”

郑话忍不住翻了个白眼，将肩膀往自己那边缩了下：“你家是这里吧？快回去吧，明天别迟到了，迟到了扣工资……”

“……”废柴少女对着郑话离去的背影挥了挥手，“再见！”

郑话这人虽然冷淡，但很细心。好几次废柴少女在工作中都拿错了东西，他一眼就发现了并指出，但从不责备她，只是再多告诉她一次，下次应该拿什么才对。

午餐和郑话一起吃。他们固定去一家中餐店，点三菜一汤——一荤两素一汤，反正有废柴少女在，永远不用担心菜吃不完的问题。和废柴少女待在一起的时间长了，郑话终于发现了她的一个优点，那就是能吃。无论吃什么她都特别能吃，好像天底下没有她不喜欢吃的东西，和她在一起，点多少东西他都不用担心会被浪费。

废柴少女抬起头，绷紧着被食物塞得圆鼓鼓的嘴，冲郑话眯起眼睛笑了笑，然后又埋头扒拉碗里的饭。一切云淡风轻，本来是再平常不过的普通小事，郑话却感觉到，好像有一阵清风吹来，整个人神清气爽了不少。

>>>4

不过废物终究是废物，即使很努力地去记东西，想要做好手里的工作，废柴少女还是经常搞砸事情。不是把顾客的猫猫狗狗搞混，就是分不清医药用的酒精和蒸馏水，有一次还砸了店里的镇店之宝——一棵玉白菜。废柴少女一直以为那尊玉白菜是假的，只是用来做摆设的，她还拿着碎片傻呵呵地和郑话说："老板，我不小心把这个弄碎了……"表情一派天真无邪。

郑话看到后，气得七窍生烟："你怎么把这个弄碎了？"

"……这个……这个难道不是假的吗？"废柴少女吃惊道，"是真的……玉？"

"废话！谁闲着没事干摆个假的在这里啊！"郑话把碎玉片抢过来，"你整天脑子里都装了些什么？连这点小事都做不好，你到底用没用心？"

这是废柴少女第一次见郑话发火，她吓得眼泪直接飙了出来，又立马抬手擦掉，垂下头道歉：“对不起，我不是故意的……”

“‘对不起’有用的话，还要警察干吗！”

废柴少女“呜呜呜”地拿起自己的背包跑出医院，走之前她对郑话说：“那个玉我会想办法赔给你的！”

回到家，废柴少女在网上查了一下玉白菜的价格。几万到几十万不等，甚至还有上百万的。废柴少女不敢多想，她查了查自己的银行卡余额，只有三位数……衣服口袋里的零钱全掏出来也只够一百块……天哪！她都快三十岁了，居然连一笔像样的存款都没有！

废柴少女突然想起，奶奶去世前曾给了她一个首饰盒，里面装着奶奶年轻时的嫁妆：一对银耳环、一只金手镯，还有一块玉坠。废柴少女一直很珍惜地保存着，准备传给她未来的儿媳妇或者外孙女什么的，不过看样子，她能不能结婚还是个未知数……

最令人惊奇的是，在如此悲伤的境况下，废柴少女依然充满食欲，她饿了，需要吃晚饭。于是她擦了擦哭花的脸，揣着零钱出了门，打算吃碗面。经过平常每天都会经过的电线杆时，她突然发现了一张小广告。放在以前，她肯定不会多看一眼，但这次广告上的放贷信息让她的脚步再也移不动了。

闪入她脑海里的第一个画面，就是电影里还不起钱的人被泼了红油漆……废柴少女不禁打了个寒战，不至于吧，电影里的剧情一定有夸张的成分。废柴少女战战兢兢地掏出手机，拍下了那则小广告，已经没有吃面的心思了。“借”还是“不借”的两个“小人”不断地打架，借了，要是没能力还钱，被追债人砍了，连个来照顾她的人都没有；不借，她压根没办法赔偿郑话那棵玉白菜。

废柴少女好像有点能够理解哈姆雷特的心情了：生存还是毁灭，这真是个问题。借还是不借，也真是个难题。

>>>5

废柴少女从放贷中心出来后，感觉整个世界灰蒙蒙的一片。从此，她将要踏上长达七年之久的还贷之路。别人的“七年”是七年之痒，好歹也曾经有过幸福，而废柴少女，什么也没有！

抱着用牛皮纸袋装着的钱回到宠物医院，废柴少女发现店门关着，上面只贴了一张告示：“店主有事，回老家一趟，无限期关门。”

废柴少女想起郑话曾有一次说起过他的家乡，离这里不远，坐大巴也就一个钟头，但是他周末休息的时候从不回去，他好像很惧怕回家似的。废柴少女曾大着胆子问过他一次，郑话直接用沉默回应。

废柴少女发短信给郑话，说已经凑足了钱，想要立马还给他，她可以搭车送去他家，再当天搭车回来。过了一会儿，郑话回了短信，只有两个字——白痴。

这个白痴，以为郑话是因为生气才这样回复的，心想不妙，立即买了去郑话家乡的车票，匆匆上车。经过一个小时的辗转，终于到达他家乡的汽车站。废柴少女用报以一万分歉意的语气发信息给郑话，说自己已经在他家乡的汽车站了，她只想把钱还给他就走，没别的意思，希望他能够原谅自己。

郑话的电话直接打了过来："你这个白痴！谁叫你过来的？"

"我只是想赔你玉白菜的钱！"

"你待在那里别动，你要是敢随便乱跑，看我不打断你的腿！"

过了半个小时，郑话赶到，看得出他赶得很急。一见到废柴少女，他就大吼道："我什么时候让你赔钱了？你不要自作多情好不好！"

废柴少女缩了缩脖子，把牛皮纸袋递给郑话。

"你哪儿来的这么多钱？"郑话问。

"问父母借的。"

"一把年纪了还问父母伸手要钱，你好意思吗？"郑话接过钱，把废柴少女的肩膀扳过去，拉开她的背包，把钱又塞了进去，"要还就打工还！"

郑话带废柴少女去附近吃了晚饭，把她安排到自己家住。郑话父母见到废柴少女都一脸惊讶，郑话面无表情地说她是自己店里的员工，然后安排她睡自己的房间。

把废柴少女安排妥当后，郑话就出门了，彻夜未归。直到第二天，废柴少女和郑话父母吃早餐时，她才听说了关于郑话的事。

他曾有个未婚妻，但在结婚的前几天突然悔婚，跟另一个男的跑了。郑话也是因为这个原因，才离开的家乡，但也是最近，他才得知其实他的未婚妻从来都没有背叛他。她只是生病了，得了治不好的病，于是找了一个最伤人的理由来悔婚。现在她已经放弃继续化疗了，打算躺在医院的病床上，度过人生最后一段美好时光。

郑话知道后，立马赶了回来，没日没夜地陪伴着她。那棵玉白菜其实值不了多少钱，但对郑话而言很重要，因为那是未婚妻爷爷的传家宝。他把它送给了郑话，郑话一直带在身边，本打算找个机会还回去的，但没想到被废柴少女打碎了。

听到这里，废柴少女忍不住抹了抹眼睛，没想到郑话还有这么一段悲惨的经历。想到自己，好像除了没钱、没男朋友、没目标外，她的人生似乎从来没经历过什么太大的波折。

尽管郑话父母强烈要求废柴少女再多留几天，但废柴少女还是执意地回家了，她在郑话的书桌上给他留了一张纸条。

回去后，废柴少女暂时找了份超市收银员的工作，三天一倒的作息时间，她干得很有劲头。比起那些丧失了激情，如同机器人一般的工作人员，废柴少女像个活力四射的美少女战士，对每个前来结算付账的顾客都点头微笑。对方临走时，她还不忘说声："欢迎下次再来！"废柴少女知道这样做并无太大意义，大多数顾客对她的热情都置若罔闻，更多的是付完钱提着东西就直接走掉了。

郑话那件事让废柴少女明白，那些看上去或普通或特别的人，在快乐和痛苦面前，其实都是平等的。他们平静的表面下，也许正在经历一场需要挺直胸膛、不断打气才能面对的变故。

废柴少女想，这个时候，他们一定很需要一个温暖的笑容吧。作为废物的自己，实在没能力为这个世界做点什么，那就做一个可以给别人温暖的人好了。

那张留给郑话的纸条上，写着：“白痴！等你回来开店上班哦，你可肩负着养活一个废柴的伟大使命呢！”

或许，废柴的最终作用就是带给别人麻烦，而人生正需要这样一些麻烦，才能来证明自己被需要，含着那口气，才不至于从此一蹶不振。

这么想想，废柴简直拯救了全人类啊！

食肉少女

难过的事，都可以吃一顿肉来解决

食肉少女

特征

Characteristics

无肉不欢，每顿饭都必须有肉，否则食不下咽。

这世上若真有什么难过的事，那都可以吃一顿肉来解决。

食肉少女的生活只要有肉，就能够得到满足。

在不开心的日子里，肉绝对是治愈她心灵的不二良品。

>>>1

如果不是遇到他，早上吃了一个牛肉汉堡的食肉少女应该会开心一整天。

他是食肉少女的初恋男友，大学四年两个人是模范恩爱情侣。他很宠食肉少女，知道她爱吃肉，每天早上都早起去校外的小店给她买肉夹馍。中午吃食堂的饭菜，两荤一素，他总是把自己碗里的肉夹出一大半给食肉少女。

那时的食肉少女觉得自己好幸福，能遇到一个愿意把肉让给自己吃的人，是何其的幸运！但大学毕业那年，两个人在对未来各自的道路选择上发生了分歧。他想要去北京，去闯荡，想要尝试有挑战的人生。食肉少女则不，她没什么大志向，留在本地就挺好，有适合口味的食物，有熟悉的风土人情，为什么要去那么远的地方受苦受累？她只想舒服安逸地生活，别的都不想想！

于是毕业那天，初恋男友请食肉少女喝了一顿酒，吃了一大顿肉：软绵绵入足了味的大块牛肉，色泽红润冒着油光的卤猪蹄，还有一大盘香辣小龙虾，散发着令人垂涎的香气。

初恋男友帮食肉少女剥好虾，放进她的碗里，让她多吃点。食肉少女夹了一只虾喂进嘴里，声音有些哽咽，没好气地说："说得好像要行刑似的！你走就走呗，以后我自己一个人吃肉，还没人跟我抢呢！"

初恋男友沉默着没说话，给食肉少女和自己分别倒满了一杯酒，他要跟她碰杯。食肉少女赌着气，举起杯子很不情愿地碰了碰他的杯沿，然后一饮而尽。

“以后还是要多吃点蔬菜和水果，这样营养才均衡，别只顾着吃肉，对身体不好。”

“你去你的北京，管我那么多干吗？”

“分手了，情谊还在。”

“在个屁！”食肉少女恨不得把喝进嘴里的酒全都吐出来，“你走你的阳关道，我过我的独木桥。去追求你的理想抱负吧，反正我是个没出息的人，每天有肉吃就很知足了。”

两个人就此分手。食肉少女在本地找了份普通的工作，每天按时上班下班，有时晚上和同学一起聚餐吃饭，大多数时候一个人吃饭。一个人吃饭没什么不好，找个自己熟悉的小店，坐下来招呼老板上二两牛肉、一盘大虾，喜滋滋地一个人吃完，不用担心会有人跟她抢。

初恋男友有时会更新自己朋友圈的新动态，比如去爬了长城，去天安门看了升国旗，在路上看到某个明星，还有他上班地点的大楼很雄伟壮观……他发加班的工作图，发工作餐的照片，他的生活已经进入与食肉少女的生活完全不一样的另一种状态。

食肉少女看着看着，就直接把他给拉黑了。真是的，都分手了，还不删掉前任的联系方式？食肉少女可不想被他看低，让他以为她还在每天关注他的朋友圈。

>>>2

耽于安逸生活的食肉少女，并没有从此就过上幸福快乐的生活，因为不求上进、胸无大志的人生态度，她被公司领导教育了好多次。每次和家里长辈聚餐吃饭，她也总是被拿来和其他人比较：谁谁谁升职了，谁谁谁出国深造了，再不济，还有个从胖妹减肥二十斤嫁了一个金龟婿的励志故事等着她。

纵观食肉少女的生活现状：安于目前没前途的职业，守着两三千块钱的工资，还一副心满意足的模样。每天除了对吃肉感兴趣外，生活里还真就没有别的乐趣。“不是每个人都要活成成功励志学的典范啊！改革开放都三十多年了，还不允许人生有点别的选择吗？”

食肉少女往嘴里塞进一大块红烧肉，油光可鉴的嘴巴上下蠕动着。坐在一旁的母亲实在看不下去了，把她面前的红烧肉端走，并在众亲戚面前扬言，以后不再给她肉吃。

“肉吃多了，注意力会涣散。我就是在你小时候给你喂了太多肉，你才会变得一事无成！”

食肉少女一副无所谓的样子，反正她又不住在家里。她住的地方一整条街上都是各种小吃，从凉拌猪耳朵到羊肉汤锅，再到万州烤鱼，每天吃一种新花样，一个月都不带重样的。想着想着，她的口水就流出来了，食肉少女赶紧扒拉两口饭，以免让母亲发现她的野心。

每次和亲戚聚完餐，食肉少女就像被刑满释放一样。父母说归说，还是把家里准备的好吃的用袋子全部打包，让食肉少女提回去。母亲做的肉丸子和炸酥肉很好吃，外面没有一家店的味道比得上母亲的手艺。

不过这次，食肉少女的母亲把肉交给她的时候，拍了拍她的肩膀，语重心长地说：“这是我最后一次做肉给你吃了，以后回家要是还这么不长进，亲戚的聚餐活动你就别参加了！”

食肉少女一脸委屈，瘪了瘪嘴，想用撒娇求得同情，结果母亲把吃的袋子塞到她手里，转身就回去了。

食肉少女提着沉甸甸的肉，一个人走在夜晚的街上，她没着急打车，而是在街道旁的长椅上坐了下来。虽然她在“没志向”这条大道上走得铁骨铮铮，但看到父母失望的神色，以及他们在亲戚面前抬不起头的样子，食肉少女还是有些不开心。

想到这，她忍不住打开手里的袋子，闻了闻依然喷香的肉丸子和炸酥肉。最后，食肉少女非常没出息地用手摸了块炸酥肉喂进了嘴里。虽然冷掉了，但依然完美地释放了猪肉的香味，加上面粉的酥脆，一咬下去立即在嘴里化成渣，真是太好吃了！好吃到一想到以后再也吃不到，食肉少女就感到生无可恋了。

所以，为了能够继续吃到这样的美味，食肉少女准备为自己的未来好好努力一下了。古有英雄为红颜折腰，今有食肉少女为吃肉奋发。

>>>3

于是食肉少女辞掉了原先那份很闲但很没前途的工作，来到了这家薪资很低但工作很忙的公司，而她的上司正是她的初恋男友，于是才有了故事开头的那一幕。

食肉少女待在洗手间里，花了半个小时来平复心情。总不能第一天上班就辞职吧？况且这是食肉少女目前唯一能找到的、看上去还算体面的工作，至少是家大企业，办公地点在这座城市的CBD，当着亲戚朋友的面说出去，面子上也还过得去，就算倒了八辈子霉碰到前男友，也要咬牙挺过去！一切都是为了肉，为了可以再次吃到母亲的肉丸子和炸酥肉！

整理好情绪后，食肉少女想象自己就是《欲望都市》里的女主角，风风火火地朝办公室走去，准备在看到前男友的时候，用睥睨的眼神藐视他。毕竟她是早餐吃下一个牛肉汉堡的人，还会惧怕“前男友”这种生物?

结果回到办公室，他人早已经不在位置上了。食肉少女在座位上坐立难安了一个上午也没见到他。中午吃饭，食肉少女和老同事们在饭桌上混熟后，立即向一个老前辈套话，问前男友是什么时候来的这家公司，她想要套套底细。

“他呀，也没来几个月，是从北京总部调过来的。”同事实话实说，哪里知道他们的那些纠葛。

看来老天爷成心要和食肉少女开玩笑，在她好不容易下定决心好好做人之际，搞出这么一个幺蛾子来。幸运的是，这个上司，食肉少女并不用经常见，即使见到了也有其他人在场，她完全可以保持沉默，默默地把自己当成隐形人给隐身掉。

一个月过去了，除了那次下班之后——食肉少女因为加班跟他和其他同事一起相处过外，两人还真没在其他场合碰过面。而那次，聊的也都是工作之内的事，两个人非常默契，谁也没有提及过去。

食肉少女想起毕业那年，她不屑地嘲笑他的梦想和志向，虽然那只是为了让他能够留下来，但事实上，别人现在混得风生水起，不仅成了她的上司，还拿着不知比她高多少倍的薪资。如果他小心眼一点，这次完全可以公报私仇。

加班的时候点餐，大家纷纷踊跃报上自己点的菜名，等到食肉少女时，他朝她轻飘飘地投过去一个眼神，见她半天没动静，他问：“红烧肉套饭，还是猪扒套饭？”

食肉少女愣了两秒，立即大声说：“红烧肉！”

他脸上毫无表情地“哦”了一声，然后让人叫餐去了。

虽然他的冷漠足以拒人于千里之外，但食肉少女的心还是动了动：他没有忘记自己喜欢吃肉！

>>>4

组里为了拿下新项目，连续加班一周，每天晚上都要点外卖。食肉少女想极了自己家附近小吃街上的小龙虾、卤猪蹄、凉拌猪耳朵，还有香喷喷的烤鸡翅……红烧肉套餐算什么？就那几块肉，哪里能满足食肉少女的食欲。

直到周六加班结束，食肉少女的前男友对着筋疲力尽的员工突然宣布：“大家晚上有事吗？要不要一起去吃烤肉、喝啤酒？”

听到“烤肉”两个字的食肉少女，本来已经累得有些散架的身体，立马跟打了兴奋剂一样恢复了过来。首先应答的就是食肉少女，她恨不得举起四肢来表示支持：“好好好，吃烤肉、喝啤酒最爽了！”

结果前男友冷冷地扫了她一眼，继续询问大家的意见：“你们觉得怎么样？或者有别的建议没？”

有几个同事表示下班还有约会，剩下的几个人一合计，最后统一意见：吃火锅。作为新人，食肉少女没有什么发言权，只好默默地接受组织的安排。

火锅店里散发出的锅底香味，令人口水直流。点菜环节，食肉少女坐在旁边一直跃跃欲试，但作为新人的她，最后只遗憾地点了盘肥牛，因为前面点的菜太多了，同事出于不好意思让上司太破费的心态，让食肉少女只点一个菜就好。

一个菜……食肉少女扫了眼已经点好的菜品：金针菇、藕片、土豆片、土豆粉、虾饺、牛肉丸……这都是什么菜！难道不应该先点十份肥牛吗？

菜品上来，肉类根本没几样，下到汤锅后，一人夹几筷子就没了。食肉少女盯着自己碗里可怜巴巴的几片牛肉，嘴里咀嚼了半天的肉片怎么都不忍心吞下。这时，坐在斜对面的前男友默不作声地从锅里捞出一块肥牛，云淡风轻地扔进食肉少女的碗里。真的是“扔”，就像施舍路边乞丐一样，食肉少女明显感受到了来自他的蔑视，但看了一眼碗里的肉，最终没骨气地把肉喂进了嘴里。

后面下的都是素菜了，食肉少女也没了食欲，中途去了一趟洗手间，结果回来的时候看到桌子上多了两盘炸酥肉。看上去应该是刚上来没多久，还热乎乎的，正是下口的好时间。

食肉少女瞥了一眼座位上的人，没一个人表现出对这两盘炸酥肉有兴趣，她乐滋滋地独占着炸酥肉，一口咬下去，酥脆化渣，只比母亲做的稍微逊色一点点。吃完整整两盘炸酥肉，食肉少女也满足了，摸摸肚子，屁颠屁颠地跟在大家后面，走出了店门。

前男友喝了酒，没办法开车，他用手机叫了两辆车。那几个同事的家都离得很近，便一起乘坐一辆车走了。剩下食肉少女和他两个人，站在路边等另一辆车。

“你家住在哪儿？”食肉少女问。

“反正先送你回家，我再回去。”

“你喝醉啦？”看到他脸色潮红，食肉少女想起他酒量向来不佳，问道，“不能喝就不要逞能呀！”

“你话怎么这么多……”前男友不耐烦道，“果然如两年前你的愿望一样，胸无大志到除了年纪之外什么也没长！”

“喂，你说什么呢！”

“不对，还有体重和皱纹……”

话还没说完，他脑袋已经遭到食肉少女的手提包攻击了，伴随着头顶吃痛的，还有醒脑的胯下一踢！食肉少女下手很轻，毕竟他还是她上司，虽然她本来就跟他有恩怨未了，但她还想在公司多待几年呢！可没想到的是，他居然这么弱不禁风，一下子倒在了地上……

>>>5

这世间的爱情有太多种，那种“执子之手，与子偕老”的传说确实动人，但在食肉少女的爱情观里，她才不要为了爱情而去牺牲自我呢！那样才不是爱吧——爱到没有自我，根本就是受虐。

所以，大学毕业在彼此选择不同道路后，食肉少女很果断地和他分手，她没觉得自己做错，也没后悔过。即使上演前男友成了她上司这么狗血的戏码，她也不为当初的选择感到后悔。

不是所有的真爱都要以自我牺牲为代价，如果放下对方能够成就彼此更想要得到的未来，离开，又何尝不是一种好事。时机不对，也是爱情里元素不够的意思，没必要弄得苦大仇深，不开心了，就好好吃一顿大肉就好。

前男友因为酒精中毒，挂了点滴。食肉少女在旁边的空床上躺了一宿。第二天醒来，她发现旁边的病床上已经没了人，输完液的空吊瓶还挂在架子上。待她掏出手机一看时间，已经迟到了。

食肉少女匆匆忙忙赶到公司打卡时，已经跟旷工半天没什么区别了。她问组内的同事，上司人跑哪儿去了。

“好像出去开会了。”

食肉少女气得差点没吐血，他居然丢下她一个人先来了公司。太过分了！早知道昨天晚上就应该把他直接丢在马路上，任其自生自灭，被野狗叼走，还是被人取走肾都是他活该。

一上午，食肉少女都在气愤中度过，气得早饭也没吃，连她最喜欢的牛肉汉堡都没了胃口。直到下午，他才回来，给组内所有人买了咖啡，说之前加班熬夜做的项目通过了。

大家开心地击掌庆祝，食肉少女勉强打起精神，笑了笑。这时，前男友走过来，从袋子里拿出一个肉夹馍，还留有余温，塞到食肉少女的手里。

“早上帮你请过假了，上午还有事所以没喊醒你就自己先走了，这个肉夹馍算是答谢你昨天没把我丢在马路上的恩情。”

食肉少女表面一副不屑的样子，心里却有什么东西在慢慢融化。不过，过去的就是过去了，即使依然觉得这个世界上对自己最好的男人除了父亲就只有他，但食肉少女还是清楚地知道，他们不会再在一起了。

那天下班，外面大雨倾盆，食肉少女还在加班做事，同事一个接一个地走了，前男友出来的时候，看到只剩下食肉少女一个人，便问她什么时候走，他可以送她一程。食肉少女说把手里的任务完成，就可以立马走人了。前男友便坐在一旁等她，拿出自己的手机玩了起来。

食肉少女发邮件的间隙转头看了他一眼，看到埋头玩手机的前男友，她恍惚间觉得两个人又回到了学生时代。他们一起去图书馆看书，食肉少女津津有味地捧着言情小说坐在一边看，前男友从来不看书，只喜欢玩手机、研究各种电子设备。阳光好点的时候，他就坐在窗边，外面暖和的阳光正好洒在他身上。她不经意间的一转头，就可以看到前男友专注的神情，每次食肉少女都会忍不住伸手去逗他。

发完邮件，写好总结，食肉少女穿上搭在椅背上的外套，走过去轻轻拍了拍他的肩，一脸轻松道："事情做好了，一起走吧！"

"好，我先打个电话。"

和前男友一起走到车库，食肉少女打开副驾驶的车门，结果被他拦住："你坐后面吧！"

食肉少女没多问，乖乖地坐到后面的位置上。直到车子开出去，开到马路边，一个穿着蓝色裙子打着伞的女人在他前面招了下手，车子停下，女人收伞上车。

"我同事，她没带伞，我送她一程。"前男友对女人说，语气就像在说今天逛商场的时候，看中了一双袜子，顺便就买了。

女人回过头，冲食肉少女温和地笑了笑，表示友好。

从那一刻起，食肉少女才明白，原来时间这东西啊，就算能把某些事物保持在原状，它的本质也不可能跟原来一样保持不变。

食肉少女在这家公司待了一年，因为表现不错，上司准备把她调到北京总部培养，但食肉少女最后拒绝了，她选择了跟毕业那年一样的理由："我没什么大志向和追求，就想待在舒服的地方，过安逸不求上进的生活。"

公司领导无奈，便把这个机会给了别人。而前男友，早在半年前就回了北京，至于他和那个女人的关系，食肉少女没问过，也不关心。

爱是什么？有人认为是性，是婚姻，是清晨六点的吻，是一堆孩子……也许真的就是这样。可食肉少女觉得：爱，是想触碰又收回的手。爱一个人，从来不是非要在一起不可。不求结果，不是耍流氓和不够爱。放手成全彼此的碧海蓝天，才是爱。

食肉少女拒绝掉领导给的机会后，独自去吃了一顿羊肉火锅。喝着暖胃的羊肉汤，她觉得现在的选择就足够好。

巫婆少女

重要的是，活成自己喜欢的样子

巫婆
少女

特征

Characteristics

张口《周易》，闭口“塔罗”，风水八卦信手拈来，

一副神秘兮兮的模样，年纪轻轻就好像已经洞知未来所有，看尽世间百态。

其实大多数时候，她们对生活的见解能力并没有那么强。

她们自以为洞悉的事情，从来没有那么简单。

>>>1

巫婆少女的爷爷是他们镇上有名的算命先生，巫婆少女从小耳濡目染，学到点皮毛。后来长大些，对西方的塔罗感兴趣，便买了一副塔罗牌，如今自学成才，也能像模像样地帮助同学解答一些问题。至于准不准，还真的很难说。

小学的时候，巫婆少女的同桌是个体弱多病的胖子男同学，他为人唯唯诺诺，班上的男同学都不愿意跟他玩，女同学自然也不喜欢这样的男生。但是胖子男同学对巫婆少女很好，经常拿作业给她抄，考试给她传小抄。巫婆少女在班上是好人缘的女生，因为经常可以信手拈来几片叶子，或者几块石头，就地帮大家解答疑难杂问。小女生们的心思来来去去永远都是那几个："我喜欢隔壁班的×××，他对我有没有意思？""爸爸妈妈吵架什么时候才能够复合……"巫婆少女像模像样地开始占卜，给出回答，再说一些自己的意见给她们。

女生们都把她当成女王一样对待，崇拜她，捧着她，以至于就连班上选班长，全班女生都一致投票选择她。班上的女生比男生多七个人，所以，她总是以压倒性的优势胜出。就这样，巫婆少女稀里糊涂地连任了六年班长。

巫婆少女成绩一般，上课经常开小差，其实老师一点也不喜欢她，但迫于"民心"所向，她还是只能让她当班长。有次巫婆少女在课桌下偷偷翻看一本占卜书，结果被老师发现，当场没收。

"小小年纪看这种书有什么用？都21世纪了，我这样的老古董都知道科学，真不知道你们这些小孩子整天脑子里想些什么！"

巫婆少女被老师罚站了两节课，并被罚写一千字的检讨书。平时写六百字的作文巫婆少女都憋不出，何况是一千字。站了两节课的巫婆少女已经耗尽了她的所有元气，当她颤颤巍巍地重新坐回位置时，一旁一直没吭声的胖子男同学递来一个本子给她，上面密密麻麻全是字。巫婆少女一看，刚好不多不少——一千字的检讨书！

从那一刻起，巫婆少女就决定以后罩着这个胖子。出来混，总归要讲义气的嘛！每次胖子男同学给巫婆少女带好吃的，或帮她抄作业的时候，巫婆少女就会故作神秘地告诉他：“你知道吗？我帮你算过了，像你这种骨骼清奇的人，长大后一定会变成很厉害的人。”

“真的吗？”胖子男同学一脸受宠若惊的模样，眨了眨他那双小眼睛，“你能看到我的未来吗？”

巫婆少女朝嘴里扔进一片薯片，咬得“嘎嘣嘎嘣”响，咂咂嘴：“能啊！你未来大有出息，会有很多钱，还有很多美少女喜欢你。”其实，巫婆少女只是随便一说，关于未来，她自己都不知道是什么模样呢！

>>>2

上中学后，巫婆少女的占卜特技没能得到任何人的赏识。女生们只对八卦、服饰感兴趣，男生对算命占卜这东西向来嗤之以鼻。巫婆少女在中学时代，只是一个普通的中学女生，成绩一般，长相一般，加之性格略显孤僻，几乎没什么朋友，班级上重要的事和活动也都轮不到她。巫婆少女也没兴趣，她上课看看漫画，天马行空地想想各种事，回家翻出《周易》等杂七杂八的书读读，也是悠闲。

世界上真的有知晓未来这种事吗？其实巫婆少女自己也不知道。但在她很小的时候，可能小到还不怎么会说话的时候，她那个会算命的爷爷拿着她的生辰八字去占了一卦，然后斩钉截铁地下了定论，说这个小女孩不是念书的料，长大后也不会有什么大出息。

爷爷这句轻飘飘的话，就这样把巫婆少女才刚刚开始的一生，给盖棺定论了。家里的人都很信爷爷的话，对巫婆少女便也不寄什么希望了，尤其是在她上学时从没见她考过满分之后，家人也就更加坚信了爷爷的预言。后来，家里给巫婆少女生了个弟弟，大家对她就更不上心了，只要她在外面没惹出什么事端，吃的穿的反正也少不了她的，那么一切就真的无所谓了，不上心也就慢慢变成了漠不关心。

没有了家里的管束，巫婆少女比其他女孩子都要野一些。放学后，她可以不用着急回家，可以到处闲逛，去河边捉虾、捉蝌蚪，去附近新开的小店溜达，去公园喂喂小野猫……少女时期的时光变得无限漫长，好像永远都不会过去似的。

巫婆少女喜欢去学校附近的一家书吧待着，那里有很多漫画，办个会员，五毛钱就可以借阅一本书。店老板是位大叔，每天窝在柜台里面看动漫和小说，一副颓废不求上进的青年模样。巫婆少女也不知道怎么的，就跟他能说上几句话。

“小丫头片子，今天又不回家？”他扔过来一颗大白兔奶糖给巫婆少女，不知道放了多久，都有些化了。

巫婆少女剥开糖纸塞进嘴里，咂巴了一下嘴：“你才不回家呢，浪子！”

“哟，这个词哪儿学来的？现在的小孩子可真早熟。”

“哼！”巫婆少女找到自己想要的书，直接一屁股坐在地上，盘腿看自己的书，不再理他。

有一次，巫婆少女考试考砸了，数学老师让低于九十分的同学全部留下来，然后每个人差几分到这个分数就要被打几次手心。巫婆少女只考了七十分，挨了二十个手板心后，她的手已经失去了知觉。走出办公室好一会儿，她才感到刺痛感传入手心，火辣辣的痛，疼哭了巫婆少女。

她没有回家，这个时候回家，家里人一定早已经吃完了饭，坐在沙发上看电视。一家人其乐融融的场面，有没有她都一样，从来不会有人主动关心她，问她在学校里开不开心，哪怕是责怪她课业不好这样的话也没有。巫婆少女先去小商店买了一根娃娃头大雪糕，一边舔着一边溜达进书吧。大叔正在吃面，整个书店都弥漫着散不开的香味。巫婆少女见他吃面的样子，忍不住咽了咽口水。她还没吃晚饭，不过她好像从来也没怎么正经吃过晚饭，所以长到十四五岁，还是一副没发育的小女孩身板，瘦得让人惊心。

“小屁孩，又不回家吃饭？”大叔一边吸溜着面条，一边转着眼珠看着她，然后抬了抬下巴，问，“要不要吃面条？独家秘制调料，保证好吃到飞起来。”

巫婆少女舔了舔显然已经索然无味的雪糕，抿了下嘴，点了点头。

>>>3

那之后，巫婆少女就常去书吧蹭饭吃。不过大叔的厨艺有限，最多也就做个蛋炒饭或下个面条之类的，但是多了个小丫头片子吃饭，吃起东西来，怎么也要香一点。有一次，书吧里来了位顾客，那顾客看上去心情不佳，穿着打扮也很落魄。当他拿了几本小说来柜台付账的时候，大叔随口就跟他聊了起来。原来这位顾客最近在找工作，但面试了好几家都没成功，而租的房子又快到期了，现在正是愁眉不展的时候，只好来这儿租几本书回去看看，调节一下心情。

“放心啦，你肯定会找到的。我看你这人面相不错，过不了多久就能找到好工作了。”大叔登记完资料后，随手抓了颗大白兔奶糖给他，“加油！”

待在一旁的巫婆少女忍不住嘀咕了句：“骗子！”

只有大叔听到了，他转头瞪了她一眼。等客人离开后，他才过去捏了捏她的脸：“为什么说我是骗子？”

“因为他根本就不可能找到工作。”

“你凭什么这么肯定？”

“他都找了很多家了，那么多公司都不要他，你怎么能确定他还能找到更好的？”巫婆少女说，“人的命运啊，有时候是既定的，不是一句鼓励的话就能改变的。”

“你这丫头片子，年纪不大，倒挺悲观的！”大叔双臂环抱在胸前，对她说，“如果我说我会看面相，你信吗？不如打个赌：如果他能找到更好的工作，你就请我吃雪糕，找不到，我就请你吃。”

“成交！”

大概又过了半个月左右，那位顾客来还书，他神采飞扬地告诉大叔，他已经找到工作了，是一家国企，待遇还不错。大叔哈哈大笑了两声说着“恭喜”，然后冲待在角落里的巫婆少女得意地挑了挑眉毛。

吃到雪糕的大叔还不忘向巫婆少女炫耀一番：“怎么样？我就说他肯定能找到更好的工作吧！”

“你是怎么猜到的？”巫婆少女很不服气。

“都说了我会看面相。”

“哼！”巫婆少女才不信。她也会看，怎么就没看出那个人会找到好工作？她说，“那你给我看看，你觉得我能考上大学吗？”

“考大学肯定没问题啊，你这么聪明。”

“我成绩又不好。”

大叔伸手摸了摸巫婆少女的头：“就算不读大学，你以后也会是个很厉害的人。”

巫婆少女一下子脸红了，脖子一缩，躲过了他的手，脸上的表情还是一脸倔强：“哼，要是我以后混不好，就来找你算账，蹭吃蹭喝，把你这家书店给吃垮！”

“啧啧，你这丫头片子，小小年纪，嘴倒是挺毒。”

>>>4

后来，巫婆少女考上了一所三流大学，也渐渐遗忘了这家书店。大学生活对巫婆少女而言很枯燥，她在附近的一家咖啡馆找了个兼职，帮人占卜。因为这项服务，咖啡店的生意很好，店长也给了巫婆少女不少提成。

“真的算得准吗？”不少人见到巫婆少女的第一句话无外乎都是这个。

“心诚则灵！到底灵不灵最终还是看你自己。”巫婆少女每次都这么回答。有应验了的客户再来到咖啡馆，都会请巫婆少女喝一杯咖啡，当然也有没应验的人，他们再来咖啡馆的时候，就会大声质疑巫婆少女的能力。

巫婆少女不慌不忙，反正她就坐在老位置上，爱算不算，喝着店里提供的免费咖啡，消磨时光。二十出头的年纪，别的女生不是忙着恋爱，就是忙着努力提升自己，而她，就像应验了小时候爷爷给她人生下的定论：长大了，没什么出息……

大二的时候，巫婆少女的爷爷因为脑溢血去世了，她没来得及见上他最后一面。回到家，看到父母和弟弟为葬礼忙前忙后，她像个局外人一样站在一旁，什么也帮不上。后来轮到她上香磕头的时候，不知道怎么的，她一下子就哭了。那种哭，不全然因为悲伤，而是带着几分不甘心。磕头的时候，巫婆少女心里默默念着："爷爷啊爷爷，你连最后一面都不等等我，我如今成为这般没心没肺的样子，是不是也有你的责任？"

命运这东西，到底在谁手里握着，巫婆少女并不知道。小时候跟着爷爷学习《周易》，不过是觉得好玩，后来迷上塔罗也是觉得好玩。特别是小学的时候，周围同学因为她这个技能都拥护她，和她玩，这让巫婆少女的虚荣心得到了极大的满足。可是每次自己不顺遂的时候，巫婆少女又会把这些都归结于命运：成绩不好，因为天生不是读书的料；没男生喜欢，因为自己注定孤独终老……到最后，她自暴自弃，破罐子破摔，想着反正自己也是一摊烂泥，扶不上墙就扶不上吧！

但是在人生的某一刻，巫婆少女又极其不服气，带着苟延残喘的一口气想要试一试，也许自己并没有那么差呢！所以高考之前，再浑浑噩噩过日子的她也开始埋头背课本，每晚都复习到深夜，最后考取了一个三流大学，这已经是她尽力之后的结果了。巫婆少女离开家去外地上大学的那天，家里做了很丰盛的饭菜，爷爷坐在上位，举起酒杯跟巫婆少女碰了碰，祝她一路顺风。没有人提到小时候，那个关于她未来的预言，巫婆少女仰头喝干了杯里的酒，好几次差点就问出口了，但所有人都像事先通过气一样，没有人再谈及此事，她也就作罢了，或者大家早已经忘记了。

是啊，这么多年了，谁还会记得那么久远的事。对于巫婆少女而言是重要的事，但在他人眼里可能微不足道吧，那只是他们日常生活里一件小得不能再小的事，就像洗衣服时产生的肥皂泡，喝汽水时发出的“咕噜咕噜”声，走路时在路边发现的一只蚂蚁……谁还会一直念念不忘呢？她却因为那样的一句话，活成了现在这个样子。即使清楚地明白，一切都是自己的过失，但还是想要找个人，把责任推卸过去：看，我这么没出息，都是你的错啊！

>>>5

爷爷葬礼的那段日子，巫婆少女趁空闲去了中学时的校园。回家的路上，她想起那家小书吧，大叔的面孔一下子浮现在巫婆少女的脑海里：不知道这几年没见他，他还在不在。街道上很多以前的商店都变了样，巫婆少女在那条街上来来回回走了两遍，也没找到那间小书吧。

时间这东西啊，总是轻而易举地改变你记忆里原有的事物，曾经也只能是曾经了，连个实体的念想都不留给你。

巫婆少女想起大叔对她说的那句话：“就算考不上大学，你以后也会成为一个很厉害的人。”

巫婆少女终于明白，无论是爷爷说的丧气话，还是大叔说的鼓励话，其实对于她的人生而言，意义一点都不大。活成什么模样，有出息也好，没出息也罢，从来都不是最重要的。重要的是，要活成自己喜欢的样子，并因此感到开心。而自己却因为别人的评价耿耿于怀这么多年，真是失败啊!

在更久之前，她也曾出于善意，对一个胖子小男孩说过：“像你这种骨骼清奇的胖子，长大后一定会变成很厉害的人。”其实她哪里是预知了他的未来，只是巫婆少女感激他给自己抄作业、送零食，随口说出的一个善意的谎言，好让他可以怀着某种期待度过他自卑的童年时光而已。

他比自己幸运吧，在人生灰暗的时期至少遇到过相信他会变好的人。巫婆少女一个人走了那么长的路，虽然在少女时期得到过一句鼓励，但她悟得太晚了，以至于她的人生早已进入了既定的轨道。可这也是她自己的选择，所以，就算找到那个让她变成如今这样的“始作俑者”也毫无意义了。回望过去，无论多么后悔，都改变不了事实。人，始终活在当下。

巫婆少女想通后，并没有彻底改变，从此成为一个励志向上的人，反倒是更加明白自己想要什么——不是成为多么厉害优秀的人，也不是交到许多的朋友，不是被人艳羡；她只想简简单单地活着，哪怕真的活成一摊废泥，这也是她自己的选择，无关他人。

人生不是从挫败开始的，也不是从谈的第一场恋爱开始的，而是从你终于明白，自己想要成为什么样的人，才真正启程的。

失眠少女

孤独，只是因为睡不着

失眠少女

特征
Characteristics

深度失眠患者。

无论白天还是晚上，对睡眠的渴望度都接近于零。

在睡不着的时间里，失眠少女像是被遗弃在浩渺宇宙中的尘埃，

身边的人都在深睡，只有她醒着，并且一直醒着。

她孤独，只是因为睡不着。

>>>1

失眠少女一个人坐在清吧里，点了一杯长岛冰茶，无所事事地刷着微博。现在是午夜一点，段子手们还在转发“哈哈哈”的无聊段子，朋友圈里已经没有几个人更新状态了，偶尔弹出来的几个状态，也是在“努力加班”。

喝完长岛冰茶，失眠少女结账走人。她住的地方是这座城市里治安最好的地段，所以半夜三更睡不着的时候，她也敢一个人出来闲逛。睡不着的时间太多，半夜散步成了她每天必备的消遣项目。夏日的夜晚凉风清爽，路边的栀子花散发出浓郁的香味，深吸一口，整个人像浸在蜜糖里。

之前有男朋友的时候，失眠少女晚上睡不着就会给他打电话，弄醒他，让他过来陪她一起散步。恋爱的初期，让对方做什么都可以。从床上起来风尘仆仆地赶到失眠少女的住处，结果什么都不干，只是陪着她散步，两个人手拉着手，有一搭没一搭地聊着。对方走得筋疲力尽，还是会强撑着陪她说笑、压马路。失眠少女说自己睡不着，患了多年的失眠症，试了很多方法都没用，后来就干脆放弃，接受失眠的事实。只是在睡不着的夜晚，她实在不知道该如何度过。

“可以看书，或者学点别的什么东西。”男朋友建议。

“以前试过用这样的办法来打发时间。”失眠少女说，“学画画，用一百天画了三百多张素描。后来厌了，本来夜晚不能睡觉就已经很辛苦了，为什么还要让自己的脑子一刻不停地劳作？”

前男友和失眠少女谈了三个月的恋爱，终于无法忍受每晚被电话吵醒的日子，和她摊牌分手。

失眠少女知道是自己的问题，但她根本不缺男朋友。对于爱情，她从不向往，只是想找个可以聊天、散步的人，所以失去和得到都不重要，重要的是，谁能够陪伴她度过这些漫长的深夜。

在所有失眠的夜晚，她只是渴望清醒的时刻不要过于刻骨，能被一些东西冲淡。

>>>2

偶然的机会，失眠少女加入了一个夜跑俱乐部。这个俱乐部里的不少成员都患有或轻或重的失眠症，或者单纯只是想来体验下夜跑的感觉。失眠少女也像模像样地买了一套跑步装备，每天晚上十一点到目的地集合，跟着大部队沿着江边一路慢跑。在俱乐部里，失眠少女认识了一个跟她一样患有深度失眠症的男生。

对方是个作家，一到晚上，思绪格外清醒的他反倒不选择把这段时间用在写作上，而是做一些杂七杂八的事。比如他曾一个人深夜做了一大桌足够五六个人吃的饭菜，然后摆在桌子上拍了几张照片后，一口没吃就放进了冰箱。他还经常一个人在凌晨骑自行车，从城东骑到城西，在天微微亮的时候，去路边早餐摊喝一碗豆浆，吃两根油条，然后再骑回去，睡两个小时后，起床开始写稿。

男生试过很多办法，像正常人在正常作息时间入睡，喝热牛奶，点精油灯，吃安眠药，但安眠药的副作用让他的大脑变得没过去清醒，经常不分场合、不分时间昏昏欲睡，面对文档，他打不出一个字。失眠对他而言，也不算是坏事，反而像是平白无故赚了很多时间，他可以用这些时间来体验不同的人生。

失眠少女天生四肢不够发达，小学跑八百米之前可以紧张得一周都睡不着觉。和男生夜跑没多久，她就累得气喘吁吁，只得停下脚步，趴在江边的栏杆上休息。失眠少女点燃一支烟，吸了口，递给他问："抽吗？"

男生接过来，抽了几口，咳嗽起来："八百辈子没抽过这玩意儿了。"

"失眠跟烟草一样，有害健康。"失眠少女嘀咕了句，重新绑好鞋带，又开始跑起来。

失眠少女在夜跑俱乐部没待多久就退社了，她觉得没意思。那个男生在失眠少女退出后没多久，也离开了。他知道她晚上睡不着，如果没别的安排，他便会打电话给失眠少女，两个人一起出来压马路，走累了就去街边的小摊吃夜宵。深夜的市井热闹，有种隔开所有忧愁和烦恼的功效。坐在人声鼎沸、空气里肆意飘散着各种油烟气味的大排档里，失眠少女开心得像个小女生。男生点了两壶酒，给失眠少女倒上，说："酒精可以促进睡眠。"

失眠少女一口喝干了杯里的酒，咂咂嘴："好喝！"

男生便又给她倒上："别喝得太急，容易醉。"

"我从来没喝醉过。"失眠少女端起杯子望向他，伸出舌头做了个鬼脸，"因为我很少喝酒。"就像从没吃过糖的小孩，失眠少女一沾上酒马上就上瘾了，喝了一杯又一杯，糯米酒后劲很大，草莓酒甜甜软软的，青梅酒酸甜可口……一次性尝了好几种不同的酒，失眠少女白皙的脸上浮现出酒醉的红晕，她笑嘻嘻地望着男生说："原来喝酒这么开心，感觉今晚可以睡个好觉了。"

失眠少女趴在桌子上，嘴里嘀咕着什么，男生没有听清，他把壶里剩下的酒倒进杯里，一饮而尽。

失眠少女在醉酒的朦胧中做了一个旖旎的梦。梦境里有各种颜色的棉花糖，她甚至能感知到它们的存在，软软的，黏黏的，她沉浸在这样的梦里不愿醒来。这是她失眠后睡得最好的一次，醒来后，外面天光大亮，失眠少女发现自己在一间陌生的房间里。

>>>3

男生在书房写稿，窗帘拉得严严实实的，桌上开着台灯。失眠少女在门口站了一会儿，想问点昨晚的事，比如喝醉了有没有说胡话，有没有吐或者做什么丢脸的事之类，但看到他专心打字的样子，失眠少女决定还是不要打扰他为妙。

“冰箱里有酸奶，桌子上有吐司。”在失眠少女转身准备离开的时候，男生在她身后说道。

失眠少女坐在客厅的沙发上打开电视，一边吃早饭一边搜索娱乐频道。睡了个好觉后，神清气爽，失眠少女伸了伸懒腰，感觉新的一天闪闪发光。

从此，失眠少女染上了酒瘾，睡不着觉的时候总想喝两口，酒量也越来越大，一杯长岛冰茶根本不算什么。她在网上搜到了一个好喝的酒的清单，准备全部买下来，挨个尝试一遍。男生知道后，把失眠少女大骂了一顿，说学什么不好偏偏学别人酗酒。失眠少女听后很生气，瞪了他一眼：“关你屁事，再说了，还不是你带我喝的！”

“带你喝，又不是让你上瘾。用酒精助眠，只会让你陷入另一个深渊。”

男生带失眠少女报了一个催眠班。据说这个班的老师师从印度一位很厉害的灵性大师，在业内也颇有口碑，就是报名费很贵。男生“威胁”失眠少女，如果她不去就把报名费赔给他。失眠少女心想：这人有病吧！一声不吭地报了名，不去还要把钱退给他……生气归生气，最终她还是跟着去了。

催眠老师讲了很多关于精神和灵性方面的知识，说失眠的根源来自潜意识，可能是因为过去遭受的问题一直没能得到解决，日积“夜”累后通过失眠反映出来。更玄的是，失眠也有可能是因为前世遭受过灵魂的创伤，必须要通过治愈灵魂才能治好失眠的病症。

“你相信他说的？”失眠少女偏过头问身旁的男生，“根本就是神棍嘛！”

声音不大不小，正好被课堂上的老师听见。男生尴尬地望着失眠少女，挤眉弄眼地想让她安静下来。

失眠少女不是不理解他的意思，可她就是不喜欢这种场合，她在众目睽睽之下站起身，拉了拉男生的衣袖，问他走不走。男生没理她，失眠少女甩甩手，大步朝外面走去。

如果失眠是生活的病症，那么对于失眠少女而言，比起治好它，她更害怕去面对。

>>>4

2013年，是失眠少女认识他的第三年，她是因为他，才开始失眠的。

那个人在失眠少女的心里，曾占据非常重要的位置。他，是失眠少女快乐和悲伤的理由。无数个夜晚，他们躺在那张双人床上，聊天亲昵。每晚，失眠少女都要在他的怀里才能安然入睡。于是，一旦那个入睡的理由失去了，失眠少女便开始整晚整晚地失眠。她没有告诉任何人她失眠的原因，她骗大家说是家族遗传。

只有她自己知道：失眠，是因为失去。

男生从后面气喘吁吁地追上失眠少女，拉住她，把她带到一旁的角落里，他非常生气地质问她："你怎么这么不让人省心啊！我做这一切都是为了你好。"

"我不需要。"失眠少女犟着，"我不喜欢吃苹果，你非要买一车苹果给我吃，这不是有病嘛！"

男生不说话了，他松开了拉着失眠少女的手，耸了耸肩："那就当我多管闲事好了。"

失眠少女有些后悔，想要道歉，但男生已经转身向教室走去了。望着他的背影，失眠少女的三魂七魄也好像被带走了。离开上催眠课的那栋大楼，失眠少女站在人来人往的街道上，突然一阵恍惚。长期失眠带来的并发症在此时变得愈发明显。她眨了眨疲惫的眼睛，视线有些模糊。此刻，炽热的太阳把她身边的环境变成了一个蒸笼。失眠少女难受极了，她感觉身体已经不能跟随大脑的指挥而行动了。一阵巨大的倦意向她袭来，"咚"一声，失眠少女倒在地上，睡着了。

身体仿佛变得轻飘飘起来，已经失去了肉体本身的控制，灵魂飞到了天上，可以自由地跟随自己的思想移动。失眠少女感到前所未有的轻松弥漫在身体的每个感官里。

梦里的失眠少女，回到了她十八岁那年的夏天。她和喜欢的人躺在旅馆的床上抽烟，闷热的房间里只有天花板上有一扇噪音很大的电扇，慢慢地转动着，好像随时都会停下。

“你相信一生一世吗？”

“当然，我们就会这样。”他当时的回答还清晰地萦绕在失眠少女的耳边，但世事变化太快，三五年足以成为我们口中所说的一生。

从最初的激情澎湃，到后来的慢慢消散，被生活的柴米油盐慢慢耗费掉最后一点点的耐心。他在离开的那天，抱着失眠少女说：“我还是爱你的，但已经不再喜欢你了。我们放过彼此，去寻找各自的人生吧！保重。”

他就这样走了，轻飘飘的，除了回忆什么也没有留下。失眠少女，就是从那天开始失眠的。睡在过去两个人一起睡过的双人床上，她闭上眼睛却怎么也无法入睡。从此，她成为这座城市黑夜里的一个孤魂野鬼，游荡在夜晚的街道、便利店和酒吧，跟不同的男人恋爱、约会，却谁也无法爱上。

>>>5

失眠少女醒来，房间里充斥着一股奇怪的熏香味道。她动了动身体，感觉四肢非常沉重。外面客厅里传来音乐声，却不是失眠少女常听的曲子。

她起床打开卧室的门，走到客厅，空气里弥漫着清洁剂的味道，家里焕然一新，是有人从里到外仔细打扫过一番的样子，但是家里没人。

失眠少女想要努力回忆起自己昏倒前的情景，除了当时铺天盖涌来的倦意，好像别无其他，直到她看到茶几上的留言纸条：冰箱里有现成的饭菜，醒了就热了吃吧。

字迹丑得独特，失眠少女一眼便认出是男生的。记忆的洪水一下子灌进脑海。失眠少女想起了两个人一起去参加催眠大师的课程，想起了和男生发生的争吵，但自己是如何被送回家的，却一点都记不起来。

其实在这座偌大的城市里，失眠少女根本没有特别熟的朋友。十八岁和他在一起后，她所有的心思和精力都耗在了他身上。每天早晨睁开眼睛，他们就在一起，一直到一天结束，晚上两个人相拥而眠，就像连体婴儿一般。他们熟知彼此生活里的一切，包括对方的想法，现在想来，那简直太可怕，一个人的思想和情绪被另一个人一览无余，毫无个人空间和思考余地。他们已经不是两个独立的个体，而是一个人的两部分。当时的他们为此感到得意，觉得彼此找到了灵魂伴侣和真爱。只要看到一方的一个眼神或者微笑，另一方就能立马明白对方的想法。

但这样的关系，持续了不到三年，两人就都开始腻味了。那种喜欢已经变成了一种近似惩罚的状态，可惜他们谁也离不开谁了。于是他们把所有的不满和不甘情绪都发泄在了对方身上，即使他们清楚地知道，这一切都是因为太过相爱、相似了。最后提出离开的是他，失眠少女能够想象得到，他是经历了怎样的纠结反复才说出的分手。当时，失眠少女抱着他，求他不要离开，但她心底已经很清楚了，这段恋情只能就此结束，没有更好的选择。

他的离开，就像把一个人硬生生地给切掉了一半，只剩下失眠少女这个不完整的部分。即使她看上去依然完好无缺，但她确确实实已经不再是过去的自己了。或许是他的离开，带走了她的睡眠，以此来交换不再悲伤的心。

失眠少女坐在沙发上，吃着男生准备的饭菜，脑子里空空如也，她说不清此刻是一种怎样的心情。吃完东西，失眠少女躺在沙发上又睡了一会儿，

再醒来时已是下午。

男生是在傍晚的时候过来的。他手里提着一袋日用品和几袋面包，开门看到失眠少女正呆坐在沙发上，愣了一下，然后非常自然地跟她打了声招呼，好像这里是他家似的。

“怎么把音乐关了？”男生走到音响旁，又顺手打开开关，“这是帮助你放松情绪，助眠的。”

“我怎么睡着了？”

“还记得那个催眠老师吗？”

“嗯。”

“是他。”男生放下东西，在失眠少女一旁坐下，“其实他在上课时，就已经向你催眠了，只是你完全没有意识到。”

“所以我才会在大街上晕倒？”

“是啊，现在睡了一觉，感觉怎么样？”

“挺好的。”失眠少女眨眨眼睛，望向男生，“那你的失眠治好了吗？”

“我不需要，我喜欢失眠的状态，它是我不一样的人生。”

失眠少女不说话了。过去的她，曾那么殷切地希望自己可以睡着，可以释怀以往的一切，成为一个正常人。可是等这一天真正来到时，她又突然好希望自己能够有些与众不同，哪怕那个与众不同，是以失眠这个如此奇怪的形式存在。

>>>6

开始正常入睡的第二十天。失眠少女还是没有安全感地习惯性在凌晨醒来，看看时间和信息，确定没有男生发来的消息后又重新睡过去。睡眠时断时续，这是失眠症治愈后唯一的副作用。副作用的缘由，大概是她重新爱上了一个人。

男生依然坚持每晚做一些奇怪有趣的事。比如去深夜的麦记，拍那些不回家的人，比如一个人从家里走到失眠少女家的小区附近，然后再去快餐店喝碗粥，买份热气腾腾的早餐，去敲她家的门。

失眠少女问过他，为什么不治疗失眠症。

他说：“我这辈子清醒活着的时间比别人都长，所以我有一颗老灵魂，现在我想用这颗老灵魂——来爱你！”

失眠少女笑了，她什么都没说，也从不多问他的生活，不干涉他的喜好。她想，她大概学会了如何正确地去爱一个人，和世事变迁中那些不曾睡着的夜晚。

资深宅女

想那么多，不如先躺在床上看部电影

资深宅女

特征

Characteristics

对于为什么要出门，她表示非常不理解。

家里有电视、电脑；吃的、喝的；空调、暖气；动漫、小说……

如果再给她一个支点，她完完全全可以宅一辈子。

社交对她而言，毫无意义。至于交男朋友，实在是太费力了！

宅女的世界，并不是每个人都懂。

反正，她们永远也不奢求他人能懂。

>>>1

工作一周下来，对宅女而言，最幸福的事情就是周末躺在床上看看漫画，吃吃零食，偶尔伸个懒腰，舒展一下身体……此时，就是天王老子来叫她出门，她也拒绝。

都说“宅若久时天然呆”，宅女也没能逃过这条“铁律”。因为喜欢躺在床上看电影，宅女特意买了个投影仪，靠在舒适的大枕头上，吃着话梅、薯片，就跟在影院的享受一样。

宅女很享受这样的生活，但现实是残酷的，她没那么好命，可以一生下来不用工作，就能安稳过一生。宅女的职业是一名会计，每天跟数字打交道，坐在办公室的角落里。她和公司的同事都不熟，每天中午一个人吃饭，下班一个人走。在别人眼里，她性格孤僻，不爱说话。

宅女朋友很少，她最好的朋友是大学同寝室的室友。上大学那会儿，宅女每天宅在宿舍，不去上课，窝在床上看小说，吃东西，整个人发霉了都不肯出去。朋友就每天帮宅女签到，宅女为了感谢她，每天都会请她吃东西，小到食堂的饭菜，大到外面的牛排。宅女不喜欢出去，朋友却是喜欢扎堆爱热闹的主。照理说这样的两个人，怎么也不会凑在一块，但或许正是因为这种不同，才弥补了彼此需要的那些部分。

后来毕业工作了，两个人很少出来见面，只是在网络上聊聊天。朋友有时会来宅女家里看她，见到她跟懒猪一样躺在床上，就忍不住要拉她起来晒太阳。宅女每次都死抓着床沿不放手，好像自己是只吸血鬼，只要一出门就会被阳光晒化。

“你这样待在家里不出去社交，不交朋友，也不交男朋友，怎么能行呢！”

“怎么不行？”宅女把头枕在枕头上，“我现在工作，是为了存钱以后不工作。等可以不工作的时候，我就天天待在家里，吃饭点外卖，生活用品网上买，水电煤气费也都可以在手机上缴，为什么还要出去呢？”

“……难道你想宅一辈子？”朋友恨铁不成钢，“你这样会孤独终老的。”

“再说吧！”

时间久了，朋友也懒得再劝，但身边一旦有合适的单身男生，她首先想到的，就是介绍给宅女。她觉得宅女谈恋爱以后，就可以改变现在的这种生活状态了，或者找个跟她一样宅的，两个人一起，“宅”到地老天荒!

>>>2

有一次，朋友介绍了自己单位的一个男同事给宅女，约会地点是在烤肉店，时间是七点。结果宅女姗姗来迟，八点钟才到达约会地点。要不是朋友一直在旁边跟男同事说好话，估计人家早走了。

宅女不仅迟到一个小时，来的时候还一副邋遢的模样，头发凌乱地耷拉在肩上，衣服估计也好几天没换了，因为胸前的油污都褪色了。她也没化妆，脚上趿拉着一双懒人鞋……

点东西吃的时候，宅女点了很多。朋友知道她胃口好，吃这么多完全没问题，但对面的男同事显然还是被她的食量吓了一跳。吃东西的时候，宅女几乎不说话，认真地烤肉，吃肉；吃肉，烤肉。有几次对面的男生主动抛出一个话题，想要跟宅女聊聊，结果宅女只有“嗯”“好”“挺好的”之类的话，后面的大部分时间几乎都是朋友在暖场。宅女专注于吃，把这场相亲完全给吃黄了。

事后，朋友批评她无药可救，再这样下去，谁看到她都会吓跑。宅女吸了吸气，摸了下嘴巴："其实，我还是比较喜欢一个人待着。我没什么大志向，就想简简单单地生活。两个人难免性情不同，我想待在家里，他想出门，根本不合拍啊！"

"所以你心目中的另一半，是个宅男？"

"那倒不是，我对宅男没兴趣。"宅女说，"我就是这么奇葩，自己是个宅女，可又不喜欢同类型的异性。"宅女拍了拍朋友的肩膀，"我知道你为我操碎了心，可是每个人都有自己的生活方式，或许你不能够接受，但我觉得你还是应该去理解呀！"

"我是担心你……"

"说不定明天恐怖分子就袭击了这座城市，说不定哪天就发生了八级大地震，说不定什么时候走在路上就被一个喝醉酒的人开车撞飞……"

"够啦！"朋友急忙捂住她的嘴，"别乌鸦嘴了，我知道了，以后不打扰你的'一人世界'了。"

>>>3

宅女最长的一次宅家纪录，是一个月。

那是在她大学刚毕业的时候，家里给了她点钱，让她租房，度过找工作、没薪水的那段时间。一开始，宅女应聘了几家单位，但都没有应聘上，有些丧气的她，实在不想每天再顶着烈日出去找工作，她在楼下超市买了很多干粮和零食，还有必备的生活用品，充好了电费、水费、网费……就宅在家里不出来了。

宅女每天睡到自然醒，然后穿着邋遢的睡衣去客厅找吃的。家里有很多少女漫画，宅女看了好多遍都不厌。最幸福的事情，就是躺在软软的沙发上，看着自己喜欢的电影，或者漫画，伸手就能够到加冰块的可乐和话梅，抓一颗话梅喂进嘴里，让其慢慢地在嘴里释出滋味。

那一个月，是宅女一直想再过一次的悠闲时光。什么都不用想、不用担心，有足够的食物，有房子住，有钱花，舒服专心地投入自己喜欢的无意义的事上。

宅女的老家是临海的一座小城。记得小时候，她最喜欢做的事情，就是一出太阳就跟妈妈一起搬一条小板凳，坐在门前的院子里晒太阳。空气里有咸腥的海风，她把脑袋枕在妈妈的腿上酣然入眠。

一梦十七年，离开家读大学前，宅女从来没有离开过这座小城。后来，妈妈因病去世，父亲娶了新的妻子，宅女便很少回家了。但是他们心里都有她，时常担心她在外面吃得饱不饱、穿得暖不暖，偶尔还会寄一些家乡晒干的海制品给她。

周末不出门，家里又没有什么吃食时，宅女便会翻出干海鲜煮粥吃。长假假期一共七天，父亲和继母来看宅女。宅女收拾出另一间房，破天荒地把家里大扫除了一番。不仅喷了空气清新剂，还给自己换了一套精神一点的衣服，理了头发，化了淡妆。

他们根本不知道，宅女现在过的是怎样一种生活。远离家乡和父母后，他们所知道的关于宅女的生活，也不过是通过电话里了解到的只言片语。宅女也不想事无巨细地分享自己生活的全部——她长大了，始终要拥有自己的人生。

那七天过得无比艰难，不是相处得不好，而是宅女每天都要打足十二分精神，带他们去逛附近的景点。宅女对那些景点一点也不熟，都是前一天在网上临时抱佛脚看的攻略。带他们去吃当地的特色美食，宅女也一点都不喜欢。

如果他们不来，这七天时间里，宅女肯定都待在家里，她宁肯默默地发霉。但也没有想象中的那么不乐意，毕竟父亲已经老了，这辈子不知道还能再见多少面。

她怎么可能随心所欲地做自己呢！人生总是要有所羁绊的，因为那一点羁绊，我们学会了如何爱人，如何担起责任。所谓的自由，向来不是绝对的。

>>>4

因为太宅，性格又古怪，宅女在公司一直不是很受欢迎，有好几次都替别人背了黑锅。这些当然是她不愿意的，但她也是事发后，才知道自己当了挡箭牌。要不是宅女在公司待的时间长，估计早就被上司开除了。

有一次，她身体不舒服，中午没去吃饭，一直趴在桌子上，睡得昏昏沉沉的。不知道睡了多久，她感觉有人在拍她，而且很重。宅女挣扎着醒来，抬起沉重的脑袋，才发现是上司。

“已经上班半个小时了，怎么还在睡觉？”

宅女嗫嚅着，想说身体不舒服，结果旁边有人抢先道：“太能睡了，还没吃饭就趴下了。”说完那人冲其他人做了个恶作剧的鬼脸。

宅女懒得解释，被上司训斥了几句，强忍着不适继续工作。结果晚上回家

的时候，直接晕倒在路边。

是好心的路人帮她拨打的120。醒来的时候，宅女的手上还打着点滴，她睁开眼的第一反应是："我还活着？"

如果没有好心的路人，宅女真的不知道倒在大街上的自己会遭遇什么。给朋友打电话，一直没人接，事后她才知道对方一直在开会。在这个远离家乡的城市，宅女真的就像一叶浮萍，身体健康还好，什么事大不了亲力亲为，一旦生病，那真是"叫天不应，叫地不灵"。

米兰·昆德拉在《不朽》这本书里曾提过：这世上有两种灵魂，一种灵魂是做加法的，一种灵魂是做减法的。做加法的灵魂要不断地表现自我，要与这个世界发生千丝万缕的联系，否则他们会觉得人生毫无意义。他们的意义是从他人身上寻找存在感，比如结婚，比如竞争，要在这个世界上留下自己存在过的痕迹。而对于做减法的灵魂来说，他们觉得自己跟这个世界没什么关系，他们活在自己的舒适区，没有欲望，不会为了证明存在而去做一些事，反倒只想把自己的存在感降低为零。

宅女是后者，她待在自己给自己编织的茧里，安静地生活，不想被任何人打扰。

外人的眼光和看法并不重要。如果宅女真的还有什么梦想的话，大概就是，希望有朝一日这个世界没有任何偏见和歧视。不结婚，不生孩子，不读大学，喜欢同性……都依然可以得到公平的对待，人和人之间的无法理解，全部都可以用保持礼貌的距离来解决。

唉，与其想那么多，不如先躺在床上看部电影吧！

学霸少女

智商不够，才需要情商弥补

学霸少女

特征

Characteristics

在她的学习生涯里，学霸少女没遇到过任何问题，

在生活里，却满是问题。

她坚信一条真理，只有智商不够，才需要情商弥补，

当你厉害到一定程度时，根本无须理会他人的看法和感受。

毕竟，这个世界是属于少数人的。

>>>1

从记事起，学霸少女就表现出超出常人的智商。别的孩子还在玩泥巴、哭鼻子时，她已经会背诵《唐诗三百首》了，而且每首都倒背如流。上小学后，她就永远“霸占”着年级第一的位置，还拿了好几次奥林匹克数学竞赛奖，作文也得过市里比赛一等奖，英语好到被选去参加央视的综艺节目……人生赢家，简直就是为学霸少女定制的词语。

记得中学那会儿，学霸少女的同桌是个“学渣”，他不像别的男生那样调皮、闯祸，而是看上去一副乖乖生的模样。老师认为其大有可塑性，于是安排他和学霸少女坐在一桌。说实话，要不是因为老师开口，对这种“差生”，学霸少女毫无搭理的心情。她不想把时间浪费在没意义的事上，学霸少女丝毫没有想要做这种好事的心情，她宁肯把时间拿去做奥数题。

但这学渣为人还不错，经常带一些进口零食来学校，上课之前偷偷分给学霸少女，还会借自己的故事书和CD给她。而且最令人感动的是，他做这一切并不是为了贿赂学霸少女，让她多给自己讲解几道方程式，而完全是单纯的分享。看在学渣觉悟这么高的分儿上，学霸少女丢出一句话：“这样吧，以后你直接抄我的作业好了，反正我也懒得给你讲，讲了你也听不懂。”学霸少女这句话并无歧视之意，而是学渣真的很笨。据学霸少女一周多的观察，学渣每次上课都非常认真，拿着笔认真做笔记，时不时地还在老师的讲解下慎重地点点头表示明白。可是一到做作业就完全不会。有些人天生聪明，也有一些人天生就不是读书的料，学霸少女对此只能深表同情。

很久以后，学霸少女才知道，学渣之所以成绩不好，是因为他患有读写障碍，所以无论他多努力，都没法答对作业本上的那些题。不过这是很多年后的事了，当学霸少女从曾经的同学口里听说这件事的时候，她心里已再无波澜。

虽然念书念不好，但学渣对音乐很敏感，凡是听过一遍的曲子，立马就能用钢琴弹出来。除了钢琴，他还会小提琴、吉他和萨克斯，每年的校庆表演上都有他的身影。加之他外表清秀，学校里还有不少女生暗恋他，但学渣只对一个女生感兴趣。

没错，就是学霸少女。那时，他还分不清什么是爱情，学渣只是觉得学霸少女好厉害，崇拜她做题时的迅捷和果断，还有永远霸占年级第一的魄力。

一个人越是没有什么，就越是会向往什么。学渣就是这种心理。尤其是学霸少女承诺以后都让他抄作业后，学渣心里对她更是升起一股难言的感激。她简直就像古代江湖中救人于危难的女侠，而他只差以身相许了。

>>>2

中学毕业后，学霸少女被省里的一所重点高中录取。学渣因为成绩太烂，被他的土豪爸爸送去了国外。父母觉得国外的教育环境更宽松，应该更适合学渣。从此一别，两个人再无联系。只记得最后一次见面，学渣送了一个水晶球给学霸少女，水晶球里有一朵蒲公英，放在阳光下，格外的好看。学霸少女端着它，冲着阳光看，眼睛被刺得有些发疼。

“谢谢你这三年让我抄作业，我要去国外啦！”学渣抓抓头发，想了半天，最终不好意思地说出了心底的秘密，“其实我喜欢过你呢！”在学霸少女错愕的时候，学渣已经跑走了。这就是他留给学霸少女最后的印象。

后来学霸少女继续念书，生活无风无雨，毫无波折。在她的学业江湖里，她所向披靡，成为高考状元，被各大电视台争相报道。学霸少女考取了国外一所很难考的学校，她的照片和名字疯狂地霸占着各大社交网站的首页。她仔细地想了想自己仿佛“开挂”的人生——似乎好得不太有意思。

小时候，我们的梦想大多是科学家、舞蹈家、作家之类的，但凡是带上“家”字的，听上去都高大上，不过后来，更多的人成了公司小白领、个体经营者，或者安稳的公务员。学霸少女仗着她开挂的人生，在国外的大学里直接跟着搞天文研究的教授一起研究项目，成了一名真正的科学家。

学霸少女的世界里满是星辰和各种复杂的数据，她每天工作十八个小时，还能空出多余的时间去健身。在国外待了六年，所有人都以为学霸少女会拿个绿卡，从此成为“香蕉人”。但第六年还没过完，学霸少女接到父亲病危的通知，她连夜买了机票坐了十几个小时的飞机赶回了家。

坐在医院的走廊里，学霸少女回想着跟父亲有关的一切，但所能想到的全都是小时候的事。从童年到现在的这一大段记忆，好像被人硬生生地从脑海里截取掉了——她怎么也想不起来更近一些时候的事情。

父亲在她回来的十二个小时后，永远地离开了人世。学霸少女跟母亲一起料理后事。火化的那天，学霸少女最后一次见到了父亲，他僵硬的身体直挺挺地躺在架子上，脸上的皱纹显得更深了。她走过去，伸手摸了摸父亲的脸，太冰了，她缩回手，看着父亲被推进了火化炉里。

学霸少女没再回学校，从那之后便留了下来，跟母亲一起住在家里，在家乡找了份工作。很多人都觉得甚为可惜，按照学霸少女的天资，她未来得个诺贝尔奖也不一定，可她却选择了待在家乡，做一份普通的工作。有人提议，让她带母亲一起去国外，学霸少女谢绝了，因为她知道，母亲是不会去的。即便死掉，即使潦倒，她也要守着家乡这块土地，还有父亲的墓碑……

>>>3

这个世界向来带有恶意，越是优秀的人，一旦跌入困境，就越是被人踩，好像以此就能证明这个世界是他们的。

“哎呀，去了国外，成绩再好，最后还不是干一份月薪几千块的工作！”

“女孩子就应该留在父母身边嫁人，去什么国外嘛，父亲死了才赶回来……”

学霸少女活了二十多年，之前的人生都在做题和思考，对世俗意义上的成功从来没有想过。从小到大，她一直都是被用来教育别的小孩的典范，她实在没想到，会有这样一天，她没有朋友——和同事之间无法正常相处，总觉得他们脑子慢了一拍。她也没有男友，准确地说，是从未谈过恋爱，她觉得身边的男孩子都蠢得令人发指。她失去了生活的重心，她突然不知道自己该做什么了。

母亲看出学霸少女回国后一直郁郁寡欢，劝她回去。学霸少女说不回，她就不信她搞得定微积分，搞得定天文地理，却在这座小城找不到存在感！学霸少女向银行申请贷款，自己开了家培训班，培训英语、数学和物理。打上“高考状元”的旗帜，很快就有人慕名前来，把孩子送到学霸少女这儿，期望在这个高考状元的熏陶下，自己的孩子也能变成状元。可是学霸少女忽略了一件事，那就是她是天赋。一道题，十个步骤，她可以用两个分解式完成。而那些听课的孩子往往云里雾里，不知道这个老师在讲什么。很快，家长们就带着孩子上不去分数的试卷和满页错误的作业本找上门来，要求学霸少女退钱。

学霸少女觉得他们不可理喻："我已经尽力教他们东西了，只是他们太蠢……"培训班就这样倒闭了。学霸少女左思右想，觉得自己没办法给世人传道解惑，毕竟大家都没她聪明，那就做点普通点的、不用费脑子的事。

于是学霸少女开了家花店，店里的每种花她都用天上的星星代替，并写上一道道方程式，解出来的数字基本都是"1314"或"520"。她通过互联网把这些难解的方程式发到网上，并放话，只要有人解出来，她就免费送花。这样新颖的销售方式，一下子扩大了花店的知名度，甚至还有当地的报纸来采访学霸少女。这是继成为高考状元之后，学霸少女再次接受记者采访。

人生有时候就是这么奇怪，兜兜转转一圈，好像又回到起点。只是物是人非，很多东西都不一样了。

>>>4

回国后一晃又是几年，学霸少女的堂妹表妹们都一个个步入婚姻殿堂，只有她依然单身，她不是对恋爱没兴趣，而是身边确实找不出一个可以和她有共同语言的异性。幸好学霸少女的母亲并不催她，告诉她如果找不到喜欢的，这辈子不结婚也没关系。但学霸少女知道，在母亲豁达开明的表象下，掩藏的其实是担心。

初中同学聚会，不知怎么的，组织聚会的人获得了学霸少女的联系方式，邀请她去参加。前几次的初中同学聚会，学霸少女一次也没去。大概人的年纪越大，对很多事便不再执拗，这次学霸少女放下过去的傲慢和偏见，答应赴约。

年近三十了，早已不是少女的年龄，但学霸少女的打扮似乎一直停留在青春时期：针织衫和连衣裙，连衣裙的裙摆缀着一圈漂亮的蕾丝。如果是小女生穿应该会非常好看，但学霸少女这样的衣着却显得有些不合时宜。尤其是在进入包厢后，在场的女同学几乎都穿着漂亮精致的时装，学霸少女像个格格不入的异类。

“听说你开了家花店，生意怎么样啊？”一进去，学霸少女就被同学拉住，问长问短。这个昔日的传奇人物，在大家的注目下一身素衣毫不加修饰地走进来，大多数人心里都发出了轻轻的一声“呵呵”。原来所有人都抵不过时间，过去再厉害的人物在现实的摧残下也不过如此。

学霸少女笨拙地应付着这些客套疏离的寒暄，过了会儿见她们终于问无可问了，就一个人去角落里待着，默默地喝果汁。等人到齐了，大家围着圆桌坐下，这时组织聚会的班长突然“哎呀”一声拍了下头：“我差点把一个人给忘了。”

“谁啊？”大家面面相觑，不知道他说的是谁。这次同学聚会好像是迄今人数最齐的一次。

“×××呀，他毕业后不是去国外了吗，之后断了联系，但上周我在咖啡馆碰见他了。他回国了，答应今天要来的。”

那个×××，学霸少女自然不会忘，因为他就是那个学渣，在他出国前还对她说喜欢她的那个学渣男生。学霸少女扒拉着碗里的饭，期待着这场饭局快点过去。

>>>5

同学聚会上最健谈的那个，多半是混得最好的。

学渣男生没有来，大家吃完饭，酒也喝得差不多了，又勾肩搭背去往下一场。学霸少女全程沉默，她好像从没跟这群人多么热络亲密过。以前读书的时候没有，现在更没有。她只是所有人的人生岁月里一个闪光的过客。如今她褪尽光芒坐在他们这群普通人中间，好像没什么不一样。但学霸少女知道，还是不一样的。

唱歌的地方离他们吃饭的餐厅不远，一行人走路过去。女人们手挽手，男人们勾肩搭背，恨不得立马磕头结拜。学霸少女走在最后，其实她完全可以找个借口回家，但她觉得应该留下来。她的人生因为顶着“天才”的头衔好像错失了很多：带有烟火气的生活，世俗的朋友关系，以及说不清道不明的情愫。她无意抬头看了看天空，竟发现今晚的星星亮得肉眼可见，她急忙掏出手机，打开里面的一个软件，对着星空拍了张照片，这个软件会自动分析出拍下的是什么星座。

正在学霸少女低头弄手机的时候，从后面走上来一个人：“嘿，掉队了，快跟上他们！”

学霸少女的胳膊被碰了碰，她转头去看，那人已经几步走到前面去了。学霸少女没反应过来，是自己的同学？可是刚才好像没怎么注意到……

等走到唱歌的包厢里，学霸少女看到那个人冲包厢里的每个人热情地打招呼的时候，她才恍然大悟——原来是他。

虽然好多年没见，但他见到每个人都能喊出名字，并热情得好像昨天才一起吃过饭聊过天似的。学霸少女望着学渣的身影，很难把他跟以前那个上课偷偷给自己带零食抄作业的男生联系在一起。

他去国外后，主修音乐，现在是业内一名小有名气的音乐人，给很多当红歌手都编过曲。等到学渣跟每个人都喝完一杯酒后，他走到学霸少女跟前，举起酒杯，但不急着喝，而是突然伸手亲昵地拍了拍学霸少女的肩膀：“好久不见，你还是跟以前一样啊！”

听到这句话，学霸少女愣了一下，她端起黄澄澄的果汁碰了下他的杯子，而后想了半天，才说出一句：“你跟以前完全不一样了。”

后来大家开始唱歌喝酒，很多女同学都对学渣表现出特别的关心，纷纷往他身边凑，尤其是还未结婚的大龄女青年，学渣却只顾着低头玩手机。学霸少女一个人待着怪无聊的，在喝完第七杯果汁后，她终于按捺不住，准备用“去洗手间”的借口先闪人。

走出KTV，外面的晚风扑面袭来，秋天的夜晚很清爽，但这个季节亮星比较少，能看到的代表星座也就只有飞马座四边形、仙后座、仙王座、仙女座、英仙座和鲸鱼座。即使不再做与天文有关的事情，但完全不妨碍学霸少女成为一个“资深不业余”的爱好者。平时没事的时候，她就去市区的天文博物馆，晚上回家就待在屋里看跟天文有关的书籍。一个人的日子从来都不难熬，难熬的是生活的琐碎和日常。

“嘿！”一模一样的声音在今晚第二次响起。学霸少女回头，看到学渣站在离自己不超过两米的地方。

“一起喝杯咖啡吧！”他将手放进外套衣兜。

>>>6

路上，两个人聊起学生时代的事，学渣说他一直以来都对她印象深刻。她平时给他抄作业，考试给他看答案，老师抽查问题她也总是小声在下面报答案……还有学霸少女那种“凡人怎可与我说话”的高冷气质，几乎是他对中学时代学霸少女最深的印象了。

“其实，我是听说你要来参加同学会，我才来的。”学渣端起咖啡喝了一口，自然地说出下面的话，“不然谁会来这种无聊的应酬！”

学霸少女笑了，她也不清楚为他的哪句话而笑：“是挺无聊的，但有时也想体验一下无聊的事情。”

“天才的脑回路果然跟常人不太一样。”

“我不是天才了。”学霸少女说，“烟火红尘里，一个普通人而已。”

“哟，那很欢迎你来到这无聊聒噪的凡间走一趟，感觉终于可以不用再仰视你了。”

学渣说这句话的时候，眼睛里亮晶晶的。学霸少女不知道这是因为店里的灯光太亮，还是别的原因。但那一刻，学霸少女觉得很开心，那是回国后最开心的瞬间。

厨娘

我也不是不会伤心难过

厨娘

特征

Characteristics

做饭小能手，喜欢烹饪，最开心的事就是张罗一大桌饭菜给大家吃。

脾气很好，似乎从来没发过脾气，很会关心人，

以至于让人常常忘记她的感受。

“我也不是不会伤心难过。”

厨娘叹了口气，把炒好的菜盛进盘子，想说的话终究还是没有说出口。

>>>1

等锅里炖的猪骨汤浓郁的香味飘进客厅，厨娘才从电视剧的剧情中回过神来，她立马起身，迅速跑去厨房。关小火，揭锅，厨娘吸了吸鼻子，用勺子搅拌了一下锅里的汤。离他下班回家的时间还有半小时，厨娘打开一个炉灶，准备开始炒菜。今晚准备了他最喜欢的素炒土豆丝和红烧肉，加上猪骨汤，真是一顿温馨的晚餐。

厨娘性格温柔似水，对待任何人都是一副好脾气，即使面对性格最暴躁的人，她也能耐下心来说话，笑盈盈的，就像一汪清泉。

今年是她和他在一起的第五年。大学毕业后，他进入一家外企工作，厨娘则在家里的支持下开了家花店。花店生意时好时坏，厨娘的心思也不在那里，每天下午早早收工，去超市买一堆食材回家替他做饭。做饭，是她最快乐的时候，可以在锅碗瓢盆之间创造一个属于她自己的小世界。

他回来后，厨娘先盛出一碗暖暖的汤给他，问他今天上班累不累、辛不辛苦。厨娘端出饭菜，张罗着开始吃饭。男友工作很忙，并不是每天都能够按时下班回家陪厨娘一起吃晚饭。更多时候，他回到家时，厨娘已经窝在客厅的沙发上睡着了，电视开着，发出“嗡嗡嗡”的声响。他说过很多次了，如果他太晚回家，她就不要等他了。可是厨娘还是雷打不动地每天等着他，看他吃完夜宵才能安心睡觉。

厨娘最开心的时间，是周末朋友来家里聚会。她总是提前一天就准备好所有食材，第二天一早起床熬大骨汤，切好菜，配好调料。男友则要睡到大中午才起床，坐在餐桌前吃厨娘准备好的营养早餐：鲜榨果汁和烤好的面包片。

来的朋友，是厨娘和男友读书时认识的。平时一起出去玩，一起吃饭，厨娘在中间一直都扮演小白兔的角色，大家都很喜欢她。或者说，是因为待在人群中间的她，总是软软糯糯的模样，会细心地帮大家拿东西，吃饭总是她负责点菜，去哪里玩也是她先选好地方、订好房间，像个大管家一样照顾着所有人……后来厨娘和男友租了这间大公寓后，这里就成了大家的聚集地，只要有时间，就会聚在一起，吃饭聊天喝酒，把所有的好时光都消耗在这儿。

除了做饭菜，厨娘还会做各种甜点，烤箱里已经放着她做好的手工饼干，吃完饭，大家休息的时候就可以拿来当“零嘴”了。厨娘的梦想就是让身边的人都快乐，而她梦寐以求的生活，也不过如此——和喜欢的人待在一起。

>>>2

花店的经营，每况愈下，店铺的租金不低，各种成本加在一起，已经入不敷出了，主要是厨娘的心思完全不在这上面。开这家店只是为了让人觉得她不是游手好闲、仗着家里或者靠男友生活，但现实的情况不容乐观，花店的亏本情况已经不能让厨娘继续经营下去了。那天晚上，男友坐在她身边，把厨娘的手握在自己手里。

“要不先把花店关了吧。”他想了想说，“如果觉得没事干，可以先找份工作，或者休息一段时间再看看有没有想做的事情。”

厨娘当然不会说“不”，她知道花店亏了很多钱，她已经很自责了。就算男友不提关店的事，她也会先说的。厨娘说：“嗯，再开下去也不是办法，我明天就去处理相关的事情。”

男友摸摸她的头，露出一个略带疲倦的笑容。

花店关门后，厨娘除了每天做饭看电视，偶尔出去做做头发和指甲外，好像再无其他事可忙，但就算她每天把手里的食材做成艺术品，她也毫无成就感。厨娘没去企业上过班，她胸无大志，只想快乐轻松地过生活。可是面对日复一日的无聊重复，她感到未来像一口望不到底的井。

半夜，厨娘又被噩梦惊醒，她弄醒身边睡着的男友，告诉他自己的噩梦：“太可怕了，我梦见我被一个拿着镰刀的蒙面人追杀，最后被追到天台上，可是他也停了下来，他好像并不是要用镰刀杀我，他想让我从天台上跳下去……”

起初男友还会耐心地安慰她，告诉她这只是一个梦，但后来厨娘的梦境变得越来越离奇，甚至有时候还会上演连续梦境——第二天做的梦接着前一天的梦，就像在放电影似的。

“要不要试试安眠药？”男友无奈，提出这个方法。

“安眠药吃了对身体不好。”

“那周末有时间我带你去医院看看？”

“我就想你陪我说说话就好。”厨娘说，“你不是说都只是梦吗，那可能再过阵子就好了。”

“可我明天还要上班……我不是在你身边吗？我哪里也不会去的。安心睡吧，好吗？”男友说着拍拍厨娘的头，希望她能够理解。

厨娘只好瘪嘴，点了点头，重新躺下身去，听到身旁男友传来均匀的呼吸声，她知道他又睡着了。她羡慕他的睡眠，更羡慕他跟自己相比的那种“没心没肺”……

>>>3

朋友并不是每周都来家里。只有厨娘和男友两个人在家里的时候，时间显得很缓慢。男友习惯花一整天的时间在股票和书籍上；喝着厨娘泡的红茶，他可以在阳台上待一整天。

厨娘端着烤好的饼干走到阳台："你要听听我昨晚做的梦吗？"

男友没兴趣，但直接表露出拒绝太伤人，便说："你又做了饼干吗？上次的字母饼干很好吃。"

"这次是抹茶味的，很适合跟红茶一起吃。"厨娘放下饼干，在对面坐下，用手托着下巴，"要不要听听我的梦呢？真的很离奇。"

"嗯。"

"我梦见我从床上醒来时，变成了一个超级小的人，小到你都看不到我了，我拼命和你说话，扯你的裤脚，你都不理我。你上班去了，我一个人待在家里，可是什么都够不着，光是从卧室走到客厅，都要走半个小时。"

"你最近看《爱丽丝梦游仙境》了？"

"没有。"厨娘吸了口气，"所以才奇怪啊！为什么我会做这些梦呢？"

男友没说话，目光在厨娘脸上停驻了一会儿，转而又低头看手里的书。

红茶渐渐冷掉，厨娘和男友不到一米的距离间仿佛弥漫着一张有毒而静默的网。厨娘望着他的脸，想从他脸上找到点什么，其实她自己也不清楚她想要看到什么，但绝不是现在这样漠不关心的脸。

厨娘想打电话约朋友出来逛街，但打了三四个电话，只有一个人有时间，却还要再等两个小时。厨娘也没了兴致，说突然想起还有点事就不去逛街了。她坐在客厅里，一转头就能看到玻璃窗外面阳台上的男友，他喝着凉掉的红茶，津津有味地埋头在自己的世界里。快到吃晚饭的时间，男友才收拾完桌上的东西，过来跟厨娘说：他不在家里吃饭了，约了客户谈事情。厨娘抬头望着他，两只眼睛圆鼓鼓的，左右闪动了下，回答："好！"

男友离开后，厨娘坐在地板上发了会儿呆，等她感到肚子饿了的时候，外面天已经暗了。厨娘不了解男友的社交应酬，只埋怨"哪个客户谈事情约这么晚的时间"。

厨娘到厨房打开冰箱，里面各种食材应有尽有。橱柜里的餐具也一应俱全，漂亮的，精致的，每一个盘子装上食物，都能变成一件艺术品。

从冰箱拿出河虾、粉丝、大葱……准备好需要的调料，厨娘手起刀落，麻利地把河虾清理干净；葱花被利落地切细碎，铺在白瓷碗里，翠绿翠绿的，特别好看。但再好看又如何，它终究只是一道菜里微不足道的佐料，根本没办法与作为主角的河虾跟粉丝相提并论。厨娘的人生就像那簇绿灿灿的葱花：从来只是点缀，没做过主角。

从小到大，厨娘都不是人群里引人注目的那种人。她性格软弱，没有个性，长相清秀，却不能算是美女，成绩也不是最拔尖的，但厨娘从小就很听母亲的话。小学的时候就开始跟着母亲学烧饭，继承了母亲的好厨艺。

既然不能像别的女生一样拥有特别的个性，那就培养好脾气，在人群中永远都是那个能够处理好一切事的女管家，周到体贴，成为大家不可缺少的一部分。其实如果可以，厨娘宁愿成为其他人。体贴、周到、细心……看上去好像只是她脾性的一部分，让她自然而然地成为人群里"保姆"一样的角色。可如果不这样的话，她又能怎么去寻找存在感呢？

>>>4

在网上投了很多份简历，厨娘准备先去企业公司历练历练，每天这样闲散地待在家里，实在不是办法。开始上班后，厨娘的时间几乎都花在了工作上。再也无法给男友按时准备早餐，晚餐都是各自在公司附近解决，然后再回家。周末好不容易有了休息的时间，哪里还有精力料理饭菜。厨娘和男友尽量都叫外卖，或者随便弄点东西吃。在外面吃虽然方便，但都是重油重盐，不健康。连续这样吃了一段时间后，厨娘感觉整个人就像被剥去了什么东西，摸不到家里心爱的碗盘，她感觉自己已经不是自己了。

男友也渐渐开始抱怨：早餐天天在楼下解决，中午和晚上也被外面餐馆的地沟油填满……厨娘哪肯见男友不开心，立马说以后会重新开始做饭。时间只能像从海绵里挤水一样挤，早上提前一小时起床，准备简单的早餐和健康的午餐便当。既然要给男友做，厨娘就干脆做两人份的，自己也带一份去公司吃。晚上哪怕回来得再晚，她也会花时间熬糖水，两个人坐在沙发上一边看电视一边喝，但很快的，厨娘发现自己的体形没以前好看了。

回想起来，可能是因为长期坐办公室，加之每天吃夜宵的习惯，又不能像以前那样有很多闲暇时间用来健身、美容、做指甲……生活真是无法两全其美，做好了这一头，另一头就会兼顾不到。厨娘开始偷偷节食，中午自己的那份便当只装平日里一半的饭菜，晚上做好夜宵借口说自己晚饭吃得很饱吃不下，等着男友吃完后再收拾碗筷，去厨房洗干净。

对厨娘来说，做女人真难：既要工作赚钱、回家料理家务，还要顾虑家人、朋友的心情，小心翼翼地维持自己的身材。见别的姑娘脾气刁蛮任性的有，在外面野惯了滥情的也有，十指不沾阳春水连被子都叠不好的比比皆是。但偏偏每个人还都能找到如意的另一半，把她们捧在手里还怕给焐化了，也有死心塌地、不辨是非曲直一心维护她们的朋友。她们活得精彩快乐，从不会因为自身的不足，命运就给她们点颜色看。反倒是厨娘，顾全了所有人，唯独委屈了自己。

男友不是不好，但对厨娘更像是一个亲近的朋友；朋友不是不照顾她，但都带着疏离的尊敬。为什么会这样？厨娘想不明白，直到公司一个女同事点明了她："就因为你太好了，好到让人觉得没有缺点，跟'神'一样，好得让大家都不知道该怎么跟你相处了……"

厨娘不解："这也能算问题？"

"是呀！你问问自己，你是不是总是为了顾及别人的感受而委屈了自己？你这种讨好型人格实在没得救。解决问题的办法很简单，就是你多在乎一下自己的感受和想法，再去管别人。"女同事说得好像有道理，又好像没道理。

厨娘这么多年的细心周到，考虑他人感受从不敢乱说、乱做什么，不就是为了得到大家的喜欢吗？难道从一开始就错了？厨娘实在想不明白为什么会变成这样。

>>>5

厨娘和男友的家人、朋友早已熟悉，到了谈婚论嫁的年龄，一切只差个仪式。男友说家里父母都希望他俩这一两年就把婚礼的事给办了，反正未来都要在一起的，夜长梦多，早点结婚，早点生小孩，趁双方父母身体都还健康，还能帮忙带带小孩。男友的父母很喜欢厨娘，但这种喜欢更多的是出于他们对儿子的爱——厨娘能把他们的儿子照顾得更好——好像终于寻到一个能将儿子托付终身的姑娘，他俩百年后也能放心归去了。况且，只要是他们的意见，厨娘从来不说“不”，这种很容易被掌控在自己手中的媳妇，婆婆和公公只会求之不得。

从男友的父母家出来，厨娘深吸了一口气，有意无意地对他说：“没想到我们就要结婚了。”

“这不是顺其自然的事吗？”男友打开车门，自己坐了进去。站在车外的厨娘愣了愣，也跟着坐了进去。厨娘盯着车窗前那个平安符——那是厨娘在男友刚拿到驾照的时候，特意去寺庙里求的。她说路上开车一定要小心谨慎，喝了酒千万不要开车。当时男友嫌她唠叨，拿过平安符放在桌上就出去了。最后，还是厨娘亲自把平安符系在了车上，说无论如何也不可以取下来。一直以来，操碎心的人都是她，担惊受怕的，也是她，但吃力不讨好的，还是她！

“所以，就直接结婚吗？”厨娘问。

“嗯，到时候订酒席，你看哪家酒店比较好。”

车子启动，厨娘想说的话终究还是没有说出口：“没有求婚之类的仪式吗？”这句话，被硬生生地烂在了厨娘的肚子里。

其实厨娘从来没有做过所谓的噩梦。她最孤独无聊的那些日子，也是她最没有安全感的时刻。她希望用自己离奇的梦境让男友的注意力能多一点时间放在她身上。她希望他问问自己：“嘿，你那个梦后来怎么样了？”

如果生活给予了厨娘足够的满足感，那她是不会在工作上寻找存在感的。对厨娘而言，工作远没有家庭重要。工作是赚钱的手段，抑或消耗时间的方式，仅此而已。而厨娘的家庭，是可以满足她这些的，但现在，唯一能满足她的家庭却不能满足她日渐腾空的心。

过去，她对未来的日子充满了期待，她在脑海里可以描绘出所有的画面。但没想到的是，当她越来越靠近那个未来时，她才发现，未来和她想象的根本不一样。厨娘开始害怕长大，希望一觉醒来，她还是躺在床上害怕考试的高中少女——没有遇到男友，没有成为不思进取只想享受生活的人，因为享受生活啊，需要一点“薄情寡义”才行！

>>>6

婚礼，说是两个人一起准备，但其实全部都是交给厨娘一个人在做。选礼服、订酒席，以及酒席上的鲜花、摆件，全都要由厨娘来负责。厨娘让男友周末陪她一起去试婚纱，他一副懒洋洋漠不关心的样子：“你喜欢就好，要不叫你朋友陪你？”

“你的礼服也要试啊！”厨娘有些生气了，“总不能我把你的礼服也一块给试了吧！”

“不是按照我的尺寸来做的吗？颜色和款式我都看过了，我觉得没什么问题。”

“你到底想不想结婚？”厨娘一字一顿地从嘴里问出这句话，她有些绷不住，在男友对面坐下。他正拿着一本小说津津有味地读着，完全没发现厨娘的情绪已经濒临爆发的临界点了。

“想不想结婚？”厨娘又重复了一遍。男友这才发现事情好像有些不对劲，他放下书，眼里有些迷茫，不知所措地看向她。

“你怎么了？”他问。

“你想和我结婚吗？”

“你这不是废话吗？当然想！”

“那为什么不和我一起去试礼服？”

“两者之间有关系吗？”

“那你为什么想和我结婚？”厨娘问，“是因为喜欢我才想和我结婚，还是因为你只是习惯我在你身边？”

“两者之间有关系吗？我不懂你在说什么！”男友不断地重复这句话，他好像不明白，平日里那个温柔可人的厨娘怎么会突然变得这么无理取闹。

厨娘缓慢地深吸了一口气，试图通过这个呼吸的过程来理清自己的情绪和思路。她伸手拭干脸上的眼泪，仿佛刚刚搬完一块大石头，虽然艰难但终于释然一般：“我们别结婚了！”

厨娘说完，去房间换衣服，拿了包。男友等在门边，但她没有理他。男友叫她的名字，如果是以前，厨娘早就心软。不，换作以前，根本不会发生这样的事情。

她隐忍，她贤惠，她懂事……可她自己却亲手宠坏了男友。她不介意单方面的付出，她介意的是，当她把全部的爱奉献出去，对方却永远那么无动于衷，连句关心的话都没有。

走在人来人往的街道上，厨娘被外面刺眼的阳光弄花了眼。在那一瞬间，她蹲下身再也忍不住，号啕大哭起来。

可是没有关系！我们的人生，从来不是因为恋爱或者结婚才开始，它们也从来不是生活的唯一目的。我们的人生，是从意识到自我才开始形成的。从那一刻，我们才是为自己而活！

厨娘想：哭够了就找家美容院，然后洗干净脸，敷敷面膜，按按精油，再买最贵的面霜和眼霜。然后就算想再流泪，也有了美丽的勇气。

妈妈少女

相信世界归根结底还是善意的

妈妈少女

特征

Characteristics

即使一把年纪、生了孩子，依然喜欢穿不伦不类的少女时装，

说话嗲嗲的，已经生出鱼尾纹的眼睛，还是会做出无辜可爱的样子。

对谁都一副坦诚无害的模样。天真，容易被洗脑，

连身边的女性朋友，也常常对她的纯真无奈。

妈妈少女，说的就是老而弥纯的那类人。

>>>1

吴美珍从银行回来的时候，只觉得大脑放空，整个人像踩在云端，没有一点真实感。这是今年第几次被骗了？不管电视里播放了多少次手机短信诈骗的新闻，吴美珍依然每次都犯蠢地对犯罪分子生出同情心，继而被骗。老公说了她很多次，可她就是不长记性啊！没办法，索性最后家里的钱都由老公来保管，她每个月只拿零花钱和生活费，但这依然没能让吴美珍吃一堑长一智。

经过一家正在做大促销的超市时，她看到奶粉正在做优惠活动，便进去看了看，出来的时候手里已经多了一大包东西。从宝宝的纸尿片，到厨房里的清洁剂，还给老公买了一件打折的衬衣。她自己呢，看中了超市里刚上市的新鲜大草莓，兴冲冲地买了好几盒，其余就全是家庭所需的日用品。吴美珍回到家，离做晚饭的时间还早，她兴致勃勃地洗了一盒草莓，坐在飘窗处，边逗孩子边吃。

吴美珍今年二十九岁，在即将迎来而立之年的年纪里，她依然保持着天真烂漫，她和任何人交谈都会睁着那双无辜的大眼睛望着对方，像个未经世事的小女孩。最初的时候，吴美珍的老公也是因为她的这双眼睛爱上她的。

年轻姑娘的动人之处正是单纯、纯真，那时候的吴美珍是个喜欢粉红色、流行歌曲和偶像明星的简单小姑娘，可以为了买一张偶像的演唱会门票而省吃俭用，会站在台下为舞台上的明星疯狂尖叫。她的世界里从来没有尔虞我诈和钩心斗角。生活就应该如此简单啊，好像一辈子也应该这样似的。

吴美珍早早地结了婚，在老公的呵护下继续无忧无虑地生活着，上了几年班后，便彻底地辞了工作，专心在家里做全职太太。吴美珍身边的女性朋友，都是事业能力很强的女生，只差没在脸上写“老娘很厉害，根本不需要男人”了，她们都在风风火火地过自己的小日子。所以大家对吴美珍这个身边的异类都表示同情，觉得她早早嫁人也就算了，还要做全职太太，以后肯定会变成黄脸婆，在家里洗衣服、做饭、带小孩，然后老公在外出轨……

可能是因为太过天真无邪，吴美珍即使做了全职太太，也依然把日子过得风生水起，快乐地在朋友圈晒自己每天做的饭菜、买的新鲜花束、在二手市场上淘到的小桌子……吴美珍对生活的热情远超过她身边的女性朋友，所以即使没了工作、社交圈狭窄了一大半，她也依然活得很快乐，或者说是因为她对生活里那段现实的成分有种钝感，所以她才能开心地活在自己的世界里，不被外界的眼光和评判所打扰。

>>>2

吴美珍仿佛永远维持着十七八岁时少女的心态。

高中时的吴美珍，跟学校里几个女生组织了一个女子团体，名字她自己都忘记了，但她们团队的宗旨，就是维护学校里高颜值的男生们。每个学校里都不乏几个风云人物，长得好看、学习成绩又好的男生，就像天边不可触及的云彩一般，存在于所有中学女生的心里。吴美珍和那几个女生就相当于是他们的后援团，每天聚在一起，讨论的都是他们的日常生活——今天又去哪儿打篮球了，又去食堂买了哪款新出的汽水，或者穿了什么衣服……而周围不管是男生还是女生，只要一说他们的坏话，这个后援团就会集体出动去“讨伐”。说白了，就是几个花痴女生想出来的花样。

吴美珍中学的时候最喜欢穿“淑女屋”的衣服，蕾丝花边是她的最爱；现在二十九岁，衣柜里仍然是大堆大堆的蕾丝边裙子和衣服。十几年过后，吴美珍的审美依旧没疲劳。

照理说，像吴美珍这样的女生，一般很难交到男朋友，因为她们这种类型的女生是典型的“颜控”，整日沉浸在玛丽苏的情节里，现实生活中的普通男性真的很难入她们的眼，但是吴美珍几乎是在看到老公的第一眼就喜欢上他了。

老公长相普通，就是路人的水准，可第一次见面的时候，他的体贴温柔让他一下子成为人群里最耀眼的那个。吴美珍从来没有被人这么呵护过，心动得很容易，最后顺理成章在一起了。对方也愿意守护她的少女心，出去玩就像带着一个小女孩——去游乐园，去吃小孩子喜欢的棉花糖、糖葫芦，去买大玩偶熊和各色少女系的衣服。吴美珍的老公给了她一个童话般的爱情和婚姻。

可惜生活总有倦怠时，在经历几年的家庭生活后，吴美珍丈夫的主要精力渐渐转移到工作上。工作和应酬，已经把他的棱角磨平，很少再有时间带吴美珍单独出去玩。每次出去都是一大家子，选择的地方必须要符合长辈的口味，吃饭购物也顺着他们的心意。吴美珍小心地跟在后面，虽然常常不能尽兴，但从来不会抱怨。时光只是让吴美珍长胖了一些，脸上的胶原蛋白不再那么丰富，可在为人处世和人情世故方面却一点长进也没有。

其实这样活着也挺快乐的，一辈子做个傻呵呵的少女，只要现实永远不尖锐地戳破吴美珍的世界。

>>>3

吴美珍这个月的零花钱不够用了。自从上次被人骗了两千块钱后，她就没敢再乱买东西。

上星期同学聚会，为了打扮得漂亮点去见同学，吴美珍拿仅剩的钱烫了头发，买了身新衣服，然后全身上下就只剩下一把零钱了。晚上吃饭，吴美珍盯着老公看了半天，在他喝汤的时候她才小心忐忑地说："这个月的零花钱用完了，可不可以再给我一点？"

老公放下汤碗，皱了下眉，一只手托着下巴，眼神锐利地看向吴美珍："是不是又被骗了？"

吴美珍脸一红，立即低下头扒拉两口碗里的饭："唔，不小心……"

老公一脸无奈，最后他说："以后干脆每周给你钱，一个月一个月给不保险！你被骗去的钱都可以给我换几部新手机了。"

有个吴美珍这样的老婆，真的需要很强大的内心，随时都要准备听她一脸可怜巴巴地对自己说"又被骗钱"的消息。其实严格意义上说，吴美珍还是比之前有许多长进了，以前只要她出去一趟就会拿回好多莫名其妙的东西，都是路边推销人员推销给她的。现在至少她不会再上街边低级骗术的当了。

吴美珍一脸委屈，但是想想，又觉得老公说得挺对，一周给一次零花钱算是最保险的方法吧。那个时候，吴美珍还没意识到更多的东西，以为自己依然还是那个被捧在手心里宠爱的小公主。

但生活的镰刀，从来不轻饶任何人，不可能有人一辈子不受现实的侵扰，那样的童话世界毕竟是不存在的。如果还没有感觉，只是还没到时候。

开始的时候，每周拿零花钱的吴美珍确实安分了不少，没再被骗钱。身上的钱就够看看电影、逛逛街，再买点好吃的。吴美珍的朋友知道这事后，几乎都要跳起来了，为她的“愚蠢”捶胸顿足。

“钱都被你男人管了，你又没工作，万一他在外面有了别人，到时你就是人财两空啦！”

吴美珍慢悠悠地喝着杯里的咖啡，表情轻松：“怎么会呢？他这么爱我。”

“不是我说你啊！”朋友说着伸出手捏了捏吴美珍的脸，“生完孩子后，你整个人胖了这么多，是时候去运动减减肥了！”

吴美珍瘪瘪嘴，嘴巴上黏着一圈奶泡：“等过段时间再说吧，怀孕的时候要忌这样忌那样，现在终于可以想吃什么就吃什么了，我可要补偿回来才行。”说完吴美珍又点了一份芝士蛋糕，开心地吃起来。

吴美珍的朋友其实有时候也很羡慕她，能够做一辈子的“傻白甜”不知道要幸运成什么样子才行。如果可以，谁不想无忧无虑天真无邪地过一生，只是生活在这世上，往往很多时候是需要孤军奋战的。所以，吴美珍活成这样，一定是上辈子做了太多好事。

>>>4

改成每周拿一次零花钱的一个月后，吴美珍才慢慢觉察出老公跟以往的不同。过去，每次吴美珍想要什么东西，老公都是第一时间买给她，就算有时候生她的气，也从来不会对她讲话大声，但那天吴美珍问老公要钱，说想给宝宝多买几件衣服时，结果老公非但没给她钱，反而还抱怨道：“给了你那么多钱都不够买衣服吗？你这个当妈的也要顾着孩子啊！不要什么都先想着自己！”

吴美珍因此委屈了好几天，老公也没像往常那样来安慰她。

感情的裂痕是很难一下子就察觉到的，而是日积月累，就像吃进肚子里的食物，你不知道哪一天，因为哪一样东西吃得过多就胆固醇超标，或者肝功能受损，伤害了身体。

吴美珍也是从那一刻开始，慢慢从她的童话世界里醒来。她没想过老公会喜欢上其他人，她以为是自己什么都不会、总是被骗钱的事终于激怒了他，一心想着都是自己的错。第二天还想方设法准备了一大桌他喜欢的饭菜，结果老公打电话回来说，临时有会要开，晚点才到家。吴美珍守着那一桌子的菜，最后不争气地哭了。

这样的事发生多了，就是吴美珍的神经再迟钝，也会怀疑是不是老公不喜欢自己或者爱上了其他人。这种想法对吴美珍而言，是极其可怕的，因为在她的世界观里，这个世上的爱情就是“执子之手，与子偕老”的，和一个人在一起的时候，怎么可以再爱上其他人？

吴美珍六神无主，想起了她的那些朋友们。吴美珍的朋友知道这事后，比吴美珍还激动，一口咬定她老公肯定是外面有人了，还给了吴美珍自己朋友开的私家侦探所的地址和电话，让她赶紧找人查清楚，趁事情真正爆发之前，先想办法多弄点钱留给自己。

朋友们的每一句话都像针一样刺进吴美珍的心里，她只知道事情很严重，但具体严重到什么程度，她真的没有概念。她默默记下地址和电话就离开了，整个人七魂丢了六魂，剩下的那一魂也轻飘飘的，随时可能一并丢掉。

回家后，吴美珍辗转反侧了许久，也下不了决心，最后还是只能拜托朋友去帮她做这件事。效率还很高，三天后，吴美珍就收到了一沓老公和别的女人亲密的照片。那一刻吴美珍觉得天都要塌下来了。她盯着那些照片，不知道自己应该怎么办，反倒是想着把它们全部毁掉，装作什么都没看到、什么都不知道。

有时候做一只鸵鸟，自欺欺人地把头埋在沙子里妄图躲避危险，其实比直面现实的处境，要来得容易些。吴美珍活了将近三十年，学了很多东西，从烹饪到插花，从绘画到会计，好像什么都会一点，可从来没人教过她，在感情的世界里如果遇到这样的事该如何处理……朋友在一旁给她出了一大堆建议，总而言之一句话：臭男人绝对不能有好下场！

>>>5

两年后的吴美珍再想起那段难熬的岁月，仍会惊讶于自己是怎么挺过来的。

朋友说得再多，吴美珍也没办法真的做到一刀两断，把老公置于被亲戚朋友责难的田地。她把那些照片偷偷收了起来，锁在柜子里，在面对老公的时候，不动声色，依然像从前一样保持天真无邪的笑容。但当只剩下她一个人的时候，她总是盯着空气发呆，孩子在房间里大声哭起来她都常常因为神思恍惚而听不见。那一个月里，吴美珍瘦了十斤，整个人憔悴不堪，断绝了所有的社交往来，每天闷在屋子里哪儿也不去。孩子也跟着生了一场大病，高烧三十九度，被吴美珍老公发现后，立即送到了医院，而吴美珍自己还恍恍惚惚的，完全不知发生了什么事。

“你最近怎么搞的？”老公气急败坏，终于被激怒了，“你都三十岁的人了，这些年都只长年纪不长脑子吗？”

吴美珍从来没被人说过这么重的话。是的，她公主病、少女心泛滥，幼稚、天真到近乎傻瓜，可不代表她就真的什么都不明白。她不是不长脑子，她只是不想以最坏的心意去揣测任何人，她相信这个世界归根结底还是善意的。

面对老公的指责，吴美珍只有不争气地大哭，徒劳地说着“对不起”。对方无奈地叹了口气，说回家拿卡取点钱，让吴美珍守在医院照顾孩子。结果那一晚上，吴美珍的丈夫都没有回来……

孩子暂时脱离了危险，烧退了些，被安排到儿童病房。吴美珍守了他一晚上，几乎没合过眼。到了第二天，天刚蒙蒙亮，她实在坚持不下去了，脑袋枕着胳膊，昏昏沉沉地睡了过去。等她醒来的时候，她发现丈夫不知何时已经回到了病房。他带了几件孩子平日换洗的衣服、用的奶瓶和毛巾等，还给吴美珍买了一份热气腾腾的早餐。

“先吃早餐，我在外面等你，有点事想和你说。”丈夫放下东西后就出去了。

吃到自己最喜欢的肉包后，吴美珍的心都跟着暖化了，一扫之前的抑郁。想到丈夫还记得自己喜欢吃的早餐，吴美珍心情好了许多。吃完东西，吴美珍用手摸了摸孩子的额头，看他还有没有在发烧，并叫来护士帮忙换点滴瓶。处理完这一切后，吴美珍才轻轻地带上门出去。丈夫已经抽了好几支烟了。吴美珍略显愉快地喊了声丈夫的名字，他回过头，表情凝重得让人害怕。

“怎么了？”吴美珍小声地问道，她以为自己又做错了什么。

丈夫从衣服口袋里拿出信封的时候，吴美珍才明白究竟发生了什么。

>>>6

离婚时，吴美珍本可以选择让丈夫净身出户，但她做不到，一想到什么都没有的丈夫要过得很辛苦，吴美珍比谁都要难过。他们两家人都站在吴美珍这边。婆婆拉着吴美珍的手说着“抱歉”，是她的儿子辜负了她，说着眼泪就掉了下来。吴美珍心里也很难过。

如果可以，谁都不想看到这个局面，但是丈夫无法再欺骗自己的心，他的确不再爱吴美珍了，也不想再和她将就下去。其实，对吴美珍来说，这也算是一种幸运，至少这个男人诚实地面对了他们这份感情。

吴美珍要了儿子和房子，并得到一部分赡养费，就此和丈夫分道扬镳了。丈夫在家收拾行李那天，吴美珍好几次都想过去抱抱他，让他别走，最后她知道，如果自己要是再在家里待下去，肯定会崩溃的，于是她便抱着孩子先出门去了。等到傍晚时分，吴美珍在餐厅和儿子吃完晚饭，回家打开门时，望着无人的房间，她才终于忍不住哭了出来。

那段日子实在太难熬了，以至于吴美珍每次回想起来，都像在做梦。很多人都以为吴美珍从此就废了——没工作，又不懂人情世故，离过婚，还拉扯着一个孩子……以后的日子肯定孤苦伶仃，凄惨无比。但吴美珍这样的人啊，她的缺点大概也正好是她的优点。对这个世界的伤害总有些钝感，乐观地相信美好多于糟糕，这样的态度让她很快重新振作起来。

在朋友的建议下，她把房子拿去做了抵押，从银行贷了一笔款，开了家花店，这样既能带孩子，又能工作。店里的生意当然不好做，最开始的那段时间，常常一天下来一笔生意都没有。儿子每天都哭个没完，怎么哄都哄不好，幸好吴美珍的母亲过来帮忙带了一阵子。

“要不我把外孙带回家，你安心工作，再重新找个人结婚？”母亲建议。

吴美珍一口拒绝了：“孩子是我的，我一定要留在自己身边，哪怕辛苦一点……他已经没有爸爸了，我不想他连母爱也享受不到。”

花店很小，但被吴美珍从二手市场淘回来的小玩意儿装饰得很精致。许多顾客都是回头客，老主顾多，时间长了，和吴美珍都认识了。他们喜欢吴美珍——永远都是天真烂漫的笑容，没有城府，很容易让人亲近。

她很早便起床，先喂了孩子牛奶，再哄他继续睡觉，然后一个人从家里走路到花店。清晨的空气里带着尘土的气息，街边的早餐摊也早早支起了架子。

吴美珍仿佛一下子回到了中学时代。她突然变得轻松快乐起来，连走路也轻快了。远处，天边的太阳还像个刚打进锅里的鸡蛋，红彤彤的，不刺眼，很美好。

或许少女心，是抵抗世界的无聊与糟糕时，最需要的一种天赋，所以她的人生，从什么时候重新开始都不会晚！

HOTEL

老少女

渴望与一人终老，但从不强求

老少女

特征
Characteristics

年龄三十五岁以上，单身，拥有独立的经济条件，

对生活充满希望和好奇。从来不因年纪选择做什么，只听从内心的声音。

对她们而言，爱情不是日常用品，而是奢侈品，

可能一辈子都用不起这件奢侈品，但也不会退而求其次。

渴望与一人终老，但从不强求。

>>>1

许姐这次从摩洛哥回来，给大家带了许多传统手工皮制品。她坐在沙发的正中央，端着温热的红茶给亲戚朋友们讲述自己在异国他乡的见闻。

“摩洛哥的传统手工皮艺实在让人震撼，他们的制作方法还保留着几百年前的方式，所有的皮制品都要工人们亲手制作，工作的环境很恶劣，但里面每个人看上去都很开心……”许姐仿佛又回到那个场景，眼中露出向往的神色，“真是羡慕他们那种乐观。”

“你也很乐观啊！”许姐的表妹冷不丁地回复道。

许姐的表妹今年正好四十岁，她儿子正在读大学，不听话，经常惹是生非，活活把她的更年期气得提前了。但是在许姐面前，她仍然有一种莫名的优越感。她觉得在自己表姐面前，她才是人生赢家。

许姐至今未婚，单身一人，更别说孩子了，这在她们家族一直是一个不大不小的“羞耻”，这也让许姐的表妹一扫过去二十多年来的愤愤不平和嫉妒。

在前二十几年里，许姐一直是家族的骄傲：成绩优异，长得漂亮，性格讨人喜欢，就像一块挑不出瑕疵的美玉。而表妹一切都普通无奇，她从小就被父母教育：“你学学你表姐，你看看这次期末考，她又是年级第一，你连班上前十名都进不了……”从出生时她就开始被比较，一直到毕业工作，依然输给许姐，出现转机是在她二十四岁的时候，她交了一个男朋友，并在春节时带回了家。

饭桌上，其他适婚年龄的姐姐妹妹们都有了对象，只有许姐一个人还未恋爱，家长们忍不住就催了催，说女孩子赚钱再多，最后也还是要找个人结婚才行，不然以后老了可怎么办。

一开始只是口头上催，后来直接演变成介绍陌生男人给许姐——安排好时间地点，事先隐瞒实情，等许姐来了，家长们就毫不客气地把她当成产品一样推销。经过几次后，许姐也有了教训，对家长们电话中说的聚餐活动变得警惕起来，到后来，为了躲避催婚相亲，许姐甚少再出现在家族聚餐上。

许姐的表妹在二十五岁成功步入婚姻。结婚那天扔捧花，许姐被亲戚架着去接捧花。大家都希望她快点嫁出去——比表妹大三岁，却连个男朋友都还没谈……许姐真是无奈，她虽然觉得结婚是件高兴的事，但也没必要把它当成人生非得完成不可的任务。如果没有遇到那个想要与之终老的人，许姐觉得，一辈子一个人过也挺好，人生的体验有很多，不是一定要结婚生子才行。

后来陆陆续续的，许姐的那些表姐表妹们都有了归宿，只有她一直单着。早年间她也谈过一次恋爱，无疾而终。许姐说，觉得不是很喜欢对方，两个人没有什么共同语言，遂分手，之后再也没有听说她再交往过什么男友。

“她就是仗着自己年轻的时候长得漂亮，赚了一点小钱，就自认为自己非得嫁个高富帅，眼光太高，挑挑拣拣，最后就嫁不出去了。”

许姐的表妹在外人面前总是这样议论许姐，每次说这些的时候，眉宇间都带着几分不屑和傲慢，好像自己结了婚、生了孩子，即使生活得没那么顺心，那也比许姐没结婚、没恋爱不知道要强多少倍。

>>>2

许姐年轻时的工作就已经完全够养活自己，在那家企业待了十几年，身边的人都觉得她完全可以在那里工作到退休，然后拿退休金安安心心养老。虽然没结婚没小孩，但有点钱在身边，至少不会老年凄惨。但许姐在三十五岁的时候，做了一个惊人之举——她辞职了，而且玩的还是年轻人“裸辞”那套。

“我已经做同一份工作做了十几年了，人生是时候该有些不同的挑战了。”许姐这样对别人解释。

大家表面附和着，说她有想法，但心里想的却是，这么“作”，等你找不到更好的工作，年纪又一大把时，只怕到时候哭都哭不出来。

许姐休息了整整半年。那半年的时间里，她去各处旅行，把自己打扮得时髦靓丽，自学了单反，自己拍了许多好看的照片。

每次她的朋友圈一更新，下面点赞、评论的都很多，无疑是羡慕她这种自由自在的生活和勇气。但许姐的家人们始终保持着一种冷漠和嘲讽的态度，觉得她不过是仗着自己现在还有力气、还有点存款，可以到处跑到处作，等再过几年她就知道厉害了。

于是又过了几年，许姐一个表姐离了婚又再嫁，除了自己的儿子外，对方也有个儿子，现在他们生了个女儿，才五岁。说不上快乐，也谈不上不快乐，世俗生活里的日常和烟火不都一个模样吗？只是和许姐相比起来，她实在老得太快。

一直暗中跟许姐较劲的表妹，有个叛逆的儿子，从小到大就没让她省过心，好不容易考上大学，可以十天半个月不给家里打一个电话，一打电话就是生活费不够，来要钱的。前几年表妹丈夫出轨，她找上门把小三暴打了一顿。这件事街坊邻居都知道了，成了他们背后的笑柄。表妹的生活可以说是一团糟，结婚后，她便做了家庭主妇，每天柴米油盐，双手浸泡在淘米水和洗洁剂里，早已不复当初的细嫩白皙。但是在许姐面前，表姐妹们都觉得自己才是人生赢家，不为什么，只为结了婚、有了小孩，完成了仿佛一个女人天生该做的事。

许姐从不跟她们争辩，反倒是体恤她们日子过得拮据，出去玩总会多带点好东西回来，分给她们，还有她的侄女、侄儿们。许姐的侄女、侄儿们很喜欢她，觉得她简直就是人生的榜样：未来的生活应该过成许姐这样的，而不是自己父母这种平淡无奇的。许姐总是爱怜地看着他们，说："每个人有每个人的活法，而每一种生活后面，都是有代价的！"

许姐工作的时候曾为了一个项目，连续加班七天，每顿只吃简单的泡面。她也曾在异国他乡旅行的时候被偷了钱包，只身一人的她只好在当地小饭馆洗了一个月的盘子，才买到回国的机票。很多事表面看上去风光，其实背后都要付出或者承担超出常人的代价和压力。所以，许姐倒希望她的这些侄儿、侄女们长大后简单快乐，结婚也好，跟她一样也罢，只要是按照自己的心意，而不是屈从外部的环境做出的无奈选择就好。

人生有千百种活法，她不过是只选择了其中一种。

>>>3

都说四十不惑，很多这个年龄的女人，无论之前是事业型女人，还是家庭主妇，这个时候都开始回归于平静，想过点简单清净的生活，她们身材开始变形、臃肿，对打扮也越来越不上心；也有的女人幡然醒悟，还不肯服老，把年轻时候积攒下来的钱拿去打玻尿酸、抽脂，试图留下残存的青春。许姐两者都不是，她平静地接受衰老这一事实，并且无时无刻不在被衰老所折磨。当她发现过去最喜欢的裙子再也穿不上时，当她发现每天早上醒来的时间越来越早时，当她发现大脑的记忆日渐衰退、眼睛越来越不好使时，她不得不去接受这样一个事实——时间，对于每一个人都是公平的，无论你富有贫穷，活得糟糕还是顺心，在时间这个刽子手面前，都只能乖乖地低下自己的头颅。

许姐开始每天运动，锻炼身体，每周都会抽几天时间去练瑜伽，在医师的指导下，开始服用特定的保健品。做这些的目的，不过是想要能够健健康康，活得更长久一点，因为她还有好多想做的事还没来得及去做。比如去南极的长城站，去给自己文一个文身，或者如果可能，在有生之年找到那个陪自己走完余生的人。这些都是她想要去做的事，虽然不强求，但活着一天就要有一天的念想。

自从摩洛哥回来后，许姐有很长一段时间一个人待在自己的公寓里，甚少出门。许姐的表妹去找过她一次，因为老公失手打她。

那晚，下着雨，表妹深夜一个人打车到许姐楼下，敲开她家的门。许姐穿着睡衣出来迎接她，帮忙拍了拍她身上的雨水，接她进屋，又去厨房烧水泡茶。表妹看了眼许姐住的地方，房子只有五十平方米，一间卧室，一间书房，地板上铺着柔软舒适的羊毛地毯，墙壁上挂着看不懂但符合房子气质的壁画，木架上有蜂蜜、花茶和普洱，茶具被维护得干干净净，落地窗被一盏暖黄的地灯晕出温馨的颜色，房间里有淡淡的香薰味。

这哪里像一个老女人住的地方！表妹从前总是对许姐有着不满和不屑，觉得一把年纪就应该做点这个年龄段该做的事——许姐眼光挑剔才会变成现在这模样。但此时此刻，表妹突然很想置换一下她和许姐的处境，而不是做一个和老公吵完架，连去哪里都不知道的女人。

结婚这么多年，表妹为了家庭已经完全没有了私人生活，所有的支出也全部靠丈夫维持，所以就算今天丈夫打了她，她再生气、闹脾气，最后还是会回家的，她不过是想找个台阶下，维持自己最后的一点尊严。

许姐端出点心和泡好的茶，让表妹先吃点，暖和身子，细问她事情的经过，表妹却不再说话。

>>>4

其实许姐一直没闲着，待在家里的那段时间，她买下了一家不大的咖啡店，把它改装成陶艺店，里面售卖各种手工陶艺品，还教人做陶艺。许姐给包括表妹在内的亲戚发了陶艺店的免费券，让他们有时间去体验一下，做陶艺可以缓解压力和情绪，同时还能提升生活品质。

许姐自己呢，在店里没待多久，又开始办理签证到处走。

这样的生活在很多人眼里无疑都是精彩纷呈的。曾经，我向许姐说，很羡慕她这样的生活，活得比许多年轻人还有意思。

许姐只是轻轻叹了口气，然后笑道："出去到处走，确实可以增加见识，也是件有趣的事，但每出去一次回来，都要重新适应这座城市的节奏……会觉得每天的生活变得好快。"许姐说，"这种快，其实让内心的慌乱像坐过山车，你还得一浪一浪地去压。没安全感，走出去很难，回来一样难。那些途中遇到的困难，我对谁都没有谈起过，选择任何的生活，都是要付出相应的代价的！"

"那你后悔没过上稳定的生活吗？"

"不啊！我很满意现在的状态。人生怎么可能什么都得到？我选择了以我喜欢的方式过一生，至于结婚生孩子，我不是不喜欢，只是相对于现在所获得的，它们是次要的。我选择的，是我认为更重要的那一部分。”

许姐笑起来眼角已经有了明显的鱼尾纹，可是那样的笑，是清澈的、生机的，而后她抿了抿嘴，用逗趣的语气说：“原谅我一生放荡不羁爱自由……其实有时候，我很羡慕姐姐妹妹们的生活，虽然那种世俗的生活有些可怕，但也是幸福的，至少从此一生有了牵挂。”

许姐说完，起身去厨房做蜂蜜柚子茶了，她说她要多做一点，过阵子带去孤儿院，分给那些孩子们。

阳光从落地窗洒进来，房间明亮温暖。

从来没有所谓的完美的生活。每一种生活都有其存在的意义。无论遭遇怎样的生活选择和境遇，都一定要按照内心的想法生活。

这才是真正的老少女吧！

女汉子

所有的心碎，都留给夜晚

女
汉子

特征
Characteristics

真正的女汉子，可不是抠脚大汉，也不是邋遢得像个男生，

更不是糙得像个汉子。

女汉子指的是内心强大，比男人更懂得奋斗和努力的意义，

即使在受过一次次的挫折后，依然可以奋力爬起来，继续战斗。

女汉子，是独立而强大的女人。

>>>1

冷倩雯永远不会忘记二十岁分手那年。

都说只有经历过彻底的绝望，才能练就日后一身的钢筋铁骨。年少时的伤筋动骨，在时间这条长河的治愈下，总会慢慢再长出新的筋骨，是比从前都要坚韧万倍、不会再轻易伤到的筋骨。

十六岁，冷倩雯父母离异，她被判给父亲。父亲从年轻时就是个浪子，离婚后依然收不了性子，经常不在家，把冷倩雯一个人扔在冷清的屋里。十几岁的冷倩雯也叛逆得不行，那叛逆更多的缘由是因为缺爱。她在学校里欺负那些乖乖生，特别是看上去家教甚严的同学。其实另一层面是因为嫉妒。冷倩雯觉得为什么同样的年龄，别人就能得到家庭的幸福，自己却像个孤儿游荡于世间。因为逃课、打架，冷倩雯被老师请了很多次家长。父亲每次一来，都是不由分说地一顿毒打，打到冷倩雯没力气喊出一句话为止，可是她从来不哭。

高中毕业后，冷倩雯为了逃离父亲，她考了一所离家很远的大学。

冷倩雯和父亲的关系已经到达濒临破裂的地步。她已经不奢望父亲会每月按时给她打生活费到银行卡，她也不会开口去要。所以一进大学，冷倩雯做的第一件事便是寻找兼职。除了上必要的课，冷倩雯很少出现在校园里，不是在大街上给匆忙的路人发传单，就是在餐厅穿着服务员的制服给人端盘子。工作很累，有时候加班晚回学校，宿舍大门关了，冷倩雯必须要硬着头皮敲宿管阿姨的房门，然后等待对方将自己劈头盖脸地大骂一顿。

十八岁的冷倩雯就像是一个还没化好妆就被人推上舞台表演节目的小丑，

她哪里应付得了成人社会里的种种不堪。

在她最无助的那段日子里，她遇到了黎昊。他大冷倩雯七岁，是个摄影师。他在餐厅注意到她的时候，觉得冷倩雯的身形、容貌很适合做平面模特，便给了她一张名片。

名片上清楚地印着某某摄影工作室的名字，冷倩雯犹豫了好几天，她不知道这个人值不值得信任，但是她实在太缺钱了，而在她的第一感觉里，模特应该很赚钱，而且轻松容易，只需要随便摆几个POSE就能拿到钱。所以，她选了空余的一天，按照名片上的地址找到了黎昊。

黎昊的性格跟他看上去的一样，不怎么说话，直接开门见山，开了个对于当时的冷倩雯来说相当高的日薪，她几乎没多想就答应了。

冷倩雯大概是转运了，黎昊对她很好，也很守信，每次拍完照片立马结账给她，从不拖欠。在日积月累的时间里，冷倩雯渐渐发现，自己爱上了黎昊。

黎昊对冷倩雯既像兄长又像父亲。他总是会提醒冷倩雯记得不要落下功课，好好念书，缺钱就多拍照，别做那些辛苦的活。其实这样的好，在别人眼里可能是正常的，但是落在冷倩雯的心里，是不一样的。一个从小没人管、没人关心的野孩子，突然遇到了一个愿意多说她两句的人，那种感觉就像一个从来没吃到过糖的小孩，终于尝到了糖果的滋味。

>>>2

冷倩雯和黎昊在一起后，她更努力赚钱。除了固定给黎昊做模特外，还接了其他类似的活。反正只要有钱赚就行，因为她不想离黎昊太远，不想因为自己没钱就软弱地伸手向别人要。冷倩雯是全心全意地付出，不会做饭的她学会了四菜一汤，每次去黎昊家里都会主动收拾东西，把家里打扫干净。黎昊却总是把她当成小孩子，冷倩雯做了让他开心的事，他就会伸手摸摸她的头表示爱怜。

殊不知这样每次只给一颗糖的行为，让冷倩雯深陷其中不可自拔。为了得到更多的甜头，她拼命地改变自己，拼命地把自己变成黎昊心中的美好形象，最后的结局，却苦不堪言。可是人生本来就是苦的啊，冷倩雯一直这样认为，唯一值得留恋的，只有那颗不定时赠予的糖果。

冷倩雯一直的梦想是毕业后就和黎昊结婚。听说黎昊家境不错、父母都是大学教授后，冷倩雯曾自卑过很久。她父亲是个无业游民，只会用暴力解决事情；她从来没有受过良好的家教，她很害怕未来会被嫌弃。

一个人越缺什么，就会越表现什么。冷倩雯在黎昊和他那些朋友面前多了一种莫须有的自尊和虚荣，什么东西都一定要用最好的，并且特别大方，每次大家聚会她总是抢着埋单。其实她并没有多少钱，所以最后苦不堪言的，还是她。

黎昊为这事说过她几次，冷倩雯每次都勃然大怒："你是不是也瞧不起我没钱？"

"我没那个意思。"

"我的钱都是我自己赚来的，我为什么不能花？"

时间久了，黎昊也任由她去了。第二年黎昊的生日，冷倩雯省吃俭用给他买了一块很贵的手表，这对于冷倩雯的经济能力来说，实在太过了。黎昊黑着脸，生日会结束后就拉着冷倩雯的手，要去商场把表退了。

“为什么要退？这是我买给你的啊！”冷倩雯站在冷风刮过的街道上，瑟瑟发抖，和黎昊据理力争。

“对一个人的爱不是通过物质来表现的。”

“但我爱你就想给你最好的。”

“可是你根本赚不到这么多钱啊！”

是的，冷倩雯根本赚不了那么多钱，她东拼西凑地凑了笔钱，才买下这块表作为礼物送给黎昊，而黎昊早在这之前就听其他朋友说了。

“跟你在一起很累，分手吧！”黎昊说。

冷倩雯当即大哭，死缠烂打不分手。黎昊一时心软，只好把话收回。但他们的感情也注定开始走下坡路，再也回不到最初的状态。

>>>3

黎昊跟她提出分手后，冷倩雯愈加小心翼翼，患得患失，她觉得是自己没做好，于是变本加厉地去付出。可是她的付出是基于想要得到爱，而黎昊给不了她，她被这种痛苦死死地扼住喉咙，挣扎不得。

直到那天晚上下班，冷倩雯突发奇想想去找黎昊一起吃夜宵。她在夜市打包了黎昊平日爱吃的东西，上楼后掏出钥匙开门，结果却看到亮着灯的客厅地板上，散落着陌生女人的衣服和黎昊的衣物，卧室里还传来阵阵欢笑的声音。

所有梦想都在那一刻破灭，冷倩雯把手里的夜宵扔到地上，直接朝卧室走去，踹开门，她要上前去抓那个陌生的女子，想教训教训她。这是冷倩雯最在行的，整个青春期她都在用“欺负他人”的方式弥补心底的空洞，但是这次黎昊阻止了她，并把她迅速拽离卧室。

黎昊力气很大，弄疼了冷倩雯。冷倩雯站在客厅里把东西摔得乱七八糟，黎昊拦她的时候不小心把她推到了地上，而且没有伸手去拉。冷倩雯整个人像突然清醒了一样，瞬间就不闹了。她从地上站起来，开始哭，求黎昊不要离开她，但黎昊一脸冷漠，过了良久，他面无表情地对她说：“以后别再来我家了！”

那时，冷倩雯二十岁。她像一只被抛弃的流浪猫，一个人走在大街上，边走边哭，哭得撕心裂肺。冷倩雯永远也不会忘记自己的伤心和眼泪。

为了维持和黎昊的感情，冷倩雯在外面欠了很多钱。她开始没日没夜地打工还债，为了让大家快速接受自己，什么脏活苦活都往自己身上揽。大家都叫她“女汉子”，个子瘦小，却能换水桶，还能扛笨重的摄像机、打光板，一个人可以当三个人用。只是没人知道这个小女生背后的心痛，只有不断地做事，才能麻痹她随时都会碎裂的心。

大学最后一个学期，冷倩雯需要补考很多门功课，差点没能毕业。她在老师面前软磨硬泡，才终于磨到补考的机会。那段时间，冷倩雯整夜整夜地看书，熬得头发大把大把地掉。当所有科目都通过的时候，冷倩雯蹲在楼梯间狠狠地哭了一场。

所有艰难的时光，都被她一点一点地熬了过来，有太多想要放弃的时刻，无数次想过生活就这么烂掉又怎样？反正从来无人过问。可是冷倩雯还是不甘心，不甘心就这样颓丧一生。

大学毕业后，冷倩雯应聘进了一家外企实习。工作压力很大，实习生留下来的机会是1∶6。冷倩雯没有像其他实习生那样留下来加班“赚表现”，而是用自己所剩不多的钱在外面报了个培训班，把自己缺失的东西全部恶补上去。实习期结束的测验中，冷倩雯以第一名的成绩留了下来。

>>>4

大公司水深，人与人之间只能保持同事关系，不然下一秒可能就会因说错话被拉下水。冷倩雯第一次背黑锅的时候，那个月的奖金全部打了水漂。她的解释根本没有用，只能硬着头皮扛下来。

为了省钱，冷倩雯合租了一间老式居民楼的房子，三室一厅，厨房和厕所都是公用的。每天早上必须起大早，不然连厕所都上不成。晚上回到家，厨房里拥挤着几家住户的身影，做饭的人在锅碗瓢盆之间穿梭，油烟味从狭窄的厨房里溢出来。冷倩雯则穿着衬衣窄裙，提着在楼下打包好的晚饭，默默地回到出租房，结束掉疲倦的一天。

很多年以后，冷倩雯变成一个在职场披荆斩棘、为自己赢得一片乐土的女强人。外人在既羡慕她的行事果断，也诟病她的薄情寡义时，想必很难想到她曾拥有那样一段岁月。光鲜的外表是容易迷惑人的，只有剥开内里才能看得清楚，但并不能代表你看得透彻。

所有的心碎都留给夜晚，白天醒来，依然要像一个什么伤害也没有受过的人一样去战斗。

所有的无坚不摧，都有着意味深长的过往，而后的清醒不过是在提醒自己

不要再遭遇那样的境地。

只有不断向前，把自己变成一个强大的人，抛开自己的性别限制，才能得到你想要的一切！

售货员少女

努力证明，我们还活着

售货员

少女

特征

Characteristics

这类女孩非常普通，扔到人群里几乎难以识别。

大众脸，没个性，好像都是指她们。

其实，在她们的世界里，一直保持着尚未崩坏的少女心。

再普通的女孩，也有闪光的地方。

>>>1

吴溪语从小的梦想就是成为一名售货员，没想到长大后，她真的成为一名售货员。

高中毕业后因为成绩不好，吴溪语只考上了一个三流大学，她那时对读书完全不上心，就想着赶快脱离“苦海”，赢得自由。所以她没去大学报到，而是利用暑假的两个月找了一份工作，在一家快餐店当收银员。三天换一次早晚班的工作形式和刚接触到社会的新鲜感，让吴溪语觉得新奇又好玩，再也不想回到枯燥的学校生活里去。

吴溪语那年十八岁，总觉得未来掌握在自己手里，虽然她还并不清楚自己到底要成为怎样的人。做快餐店的收银员，吴溪语手脚比较笨，做事情慢吞吞的，经常引得排队的客人不满。

“喂，就不能快一点吗？都要饿死了！”脾气差一点的客人直接冲她大呼小叫。吴溪语那时候年纪太小，经受了几次这样的斥责后，就熬不住辞职了。

之后她就去商场应聘了售货员。吴溪语嘴巴甜，为人大方热情，很多顾客都是她的回头客，他们很喜欢这个年轻的小女孩，所以吴溪语的业绩一直很好。可因为学历的关系，做了五年售货员的吴溪语，依然还是售货员。

商场晚上十点关门，轮到吴溪语值晚班，她每次下班后都会去附近一家24小时便利店买关东煮吃。便利店的收银员是个女孩，跟吴溪语同龄。吴溪语值晚班的时候，对方也上晚班。一来二去，两个人就聊上了。吴溪语买关东煮的时候会多买一份给女孩，女孩则请吴溪语喝店里的酸奶饮料，两人就这样边吃东西边聊天。女孩跟吴溪语的经历差不多，过去对念书不怎么上心，早早辍学出来打工。服务员、销售员、收银员……她做过很多种工作，便利店的这份工作已经不知道是第几份了。

“我的愿望就是赶紧找个男人嫁了，让他养我！”收银员女孩一口咬掉关东煮，咂咂嘴，“工作真是太辛苦了，我妈妈十八岁嫁给我爸爸，就再也没出来上过班。”

吴溪语则叹了口气：“我倒不是很想那么早结婚，我觉得我应该去找到自己喜欢做的事。”

“喜欢做的事？”

“说不太清楚，但应该就是能够让自己开心，一想到心底就满怀希望的事。”吴溪语的脸庞在店里的灯光下显得闪闪发光，普通的五官因此生出了些不一样的美。

>>>2

吴溪语生活最艰难的时期，一个月只有五百块钱的生活费，真是可以用“穷得叮当响”来形容。每天计算着如何把钱掰成两半来花，早上只能吃一个馒头，奢侈一点就吃包泡面，然后到处去找工作。

有一次所在的商场裁员，吴溪语就是那批被裁下来的员工。因为没签合同，也没能拿到遣散费。身上只有五百块的她，每天过得提心吊胆，生怕来一场意外，她穷得连应付的能力都没有。

那天，她刚去一家中介公司面试完，走在回家的路上，她看到小路两旁的桃花开了。春天来了，可吴溪语的生活依旧还停留在冬天。见路上没人，吴溪语跳起来，折了几枝鲜艳的桃花，回家找了个矿泉水瓶装上水，将花插了进去。看着那株生命力旺盛的桃花，吴溪语感到生活里又充满了动力。找了半个多月，吴溪语才找到现在这份商场售货员的工作。试用期两个月，没有绩效，只有底薪。中午吃饭，大家都去买盒饭，或者吃自己带来的便当。吴溪语每次都找借口推辞，然后偷偷躲在仓库，吃早上买的冷掉的馒头。

生活过得很艰难，因为没钱，连电视费都交不起，吴溪语回家后很无聊。家附近有个废品收购站，老板每天都能收来大量的旧书、旧报纸，吴溪语常跑过去，跟老板混熟后，她从他那里花几毛钱就可以买到一本旧书。晚上，吴溪语就躺在木板床上看书，看到深夜困了就沉沉地睡去。日子简单到枯燥乏味，别人的二十岁是大学校园里肆意飞扬的青春，吴溪语的二十岁却是灰头土脸的杂碎和赤裸裸的现实。

这是她自己选择的路和人生，说不后悔，肯定是假的，但每一种生活都有它值得去过的一面。吴溪语拿到第一个月的薪水时，第一件事就是去自助餐厅吃了一顿自助餐。随心所欲吃东西的感觉真好，一个人吃掉三盘牛肉、两盘五花肉，还有数不清的小吃。大快朵颐后，吴溪语打了一个响亮的饱嗝，满意离去。

人的欲望都是慢慢滋长的，吴溪语最贫穷的时候，她最大的愿望就是能够吃饱饭。早上可以吃一碗热乎乎的素面，中午吃到米饭，里面有肉最好，晚上可以吃凉面、凉粉，多加油辣子、海椒和花生，这些对于吴溪语来说就是生活的全部。在活着都那么困难的时候，吴溪语觉得可以好好吃饭，就是最幸福的事情。

后来一日三餐不成问题了，还有余钱的时候，吴溪语就开始想要更多的东西。她学着那些时髦的女生穿衣打扮，把自己收拾得更好看些。买了便宜的化妆品，因为画不好，化妆品又容易脱妆，每次化好妆出去都把周围人吓一跳。因为实在太难看了，眼线是花的，睫毛被睫毛膏弄成苍蝇腿，粉像是随时会掉下来，嘴唇很干，擦上口红嘴皮都是干裂的。这样折腾了一阵子，吴溪语最后放弃了，觉得自己什么都不擦的样子反倒挺好。

外界的诱惑越来越多，同事们下班经常叫上吴溪语一起吃饭唱歌。吴溪语是他们中年纪最小的，合群的她几乎每次都应约，可是看着同事们唱歌喝酒的模样，坐在一旁的吴溪语一点都开心不起来。这不是她想要的生活，她可以百分之百确定。可是什么才是她真正想要的呢？她并不清楚。

>>>3

在商场做了五年售货员，吴溪语身边的同事不是升职了，就是辞职另谋他业。吴溪语小小年纪做了五年，确实不可思议。年终员工表彰大会上，吴溪语被领导大力表扬，让大家都向她学习。

五年对于一个年轻人而言，确实很长了。五年里，很多人可能已经结婚，可能遭受人生的第一次分手，可能有了新的生活目标……五年，足够让一些世事面目全非。

那家便利店的收银员已经换了好几个。晚上吴溪语下班照常去店里买关东煮，可是第一次认识的那个收银员女孩已经不在了。最后一次见面的时候，两个人依然像往常一样聊天，那个女孩并没说辞职的事。吴溪语想，或许她找到更好的工作了，也许终于得偿所愿，嫁了一个让她安心在家做全职太太的男人。

人生有太多种可能，吴溪语只拥有一种，还是那种最普通大众的，毫不起眼。可是对于未来，她依然抱着一种不灭的期待。她觉得她可以体验到不同的人生，即使现在她连省都没出过。

一天，吴溪语在商场捡到一个包，里面有最新款的苹果手机、LV钱包和一些看上去很贵的化妆品。吴溪语拨通通讯录里的电话，最后找到了失主。失主是个非常漂亮的女生，看上去年纪也不过二十岁左右，说话举止很有修养。拿到失而复得的背包后，女生坚持要请吴溪语吃饭。

女生带吴溪语去的是一家高级餐厅。吴溪语觉得自己的穿着打扮，跟里面的环境格格不入，有些不自在。女生一直跟吴溪语温柔热情地聊天，打消了吴溪语的忐忑。吃饭的时候，女生自然地谈起自己的事情，不无炫耀。

吴溪语知道她在瑞士留学，去过很多地方，冰岛、南极、捷克……这些都是吴溪语只从中学地理上学到过的地名。她觉得那完全是另一个世界，从来没想过自己会去那些地方，甚至有一点关联……看着对面这个女生，吴溪语心底油然生出一丝羡慕。她过的那种生活是吴溪语可能一辈子都没法企及的生活。那种生活多好啊！人生不就是应该丰富多彩吗？即使达不到，也应该是另一番景色。

吴溪语回去后想了很久，她要改变自己，变得更好。她开始上夜校，准备自考本科。面对同事下班后的邀约，她开始学会拒绝。夜校里，吴溪语认识了许多像她一样的人，大家都很努力。

她的同桌是个男生，做快递员，每月收入不少。他准备自考新闻系，他说，他从小就特别羡慕那些拿着话筒去采访的人，他想做个记者。快递员和记者，这之间似乎还隔着很远距离。上完课，男生有时会约吴溪语一起吃夜宵，对方很上进，哪怕是坐在位置上等烧烤，也不忘背几个单词。他们约好周末有时间就一起温习，找一家水吧，一人点一杯饮料，可以坐一天。

“我以前特别不喜欢念书。”吴溪语说，“大概是那时候还不明白自己想要什么吧。现在我明白自己想过怎样的生活、想成为怎样的人后，我有了动力和目标，我觉得念书就是在为未来搭建基石。”

吴溪语自考的专业是商务英语，从小到大英语就没及格过的她，学习起来相当吃力。她在手机上下载了外国电影，手机里的华语流行音乐全部换成了英文歌。和快递员男生在一起的时候，两个人也会用蹩脚的英文交流，即使旁边的人投来奇怪的目光，他们也坦然自若。很多东西，其实难的不是方法和过程，而是开始。

>>>4

吴溪语花了足足五年的时间才把自考全部通过。彼时她早已经辞去了以前商场售货员的工作。猎头看上了她，把她挖去另一家更大的商场做销售，薪资是以前的两倍。吴溪语当时已经答应了，也向上司递交了辞呈，但在准备去新商场报到的那几天时间里，吴溪语突然收到以前同学葬礼的通知。吴溪语连夜风尘仆仆地赶过去，路上思绪复杂，脑海里涌出很多事情。

其实她对那位同学的印象已经很模糊了，只记得是个女生，长得还蛮可爱的，在班里很招人喜欢，可是她具体的音容笑貌，吴溪语却怎么也回想不起来了。据说她是在深夜喝醉酒回家的路上，不小心掉进了河里，从路边的监控摄像来看，连扑腾都没扑腾一下，就沉进水底了。葬礼上女生的母亲哭得肝肠寸断，吴溪语第一次参加这种场合，只觉得压抑不适，给同学上完香立即到外面透气去了。

风吹到脸上，吴溪语才感觉回到了现实中。旁边一个陌生女人倚在门边抽烟，看了一眼吴溪语，递烟问她：“要吗？”

本来要拒绝的，但鬼使神差地，吴溪语接了过来，用打火机点燃，她抽了一口后迅速剧烈咳嗽起来。女人见她这样，笑了。两个人都没说过多的话。吴溪语抽了人生的第一支烟，除了觉得难抽之外，没什么特别感觉，她想不通为什么那么多人如此迷恋尼古丁这东西，但人活在世上，不都是被这种虚妄的假象所迷惑而向前的吗？尼古丁也好，梦想和执念也罢，如果生活里没有了这些所谓的真的假的意义，我们还能在孤独的时候，坚强地走下去吗？

我们永远都不知道明天会发生什么，但是我们可以选择今天做什么。即使死亡、意外在未来等着我们，那也不代表我们就会放弃今天的生活。相反的，正是因为知道时间有限，才要抓紧时间去做想要做的一切。

那一刻，吴溪语很想给远在北京的快递员男生打电话。他现在已经不是快递员了，他在一家报社里做记者。他虽然实现了自己的梦想，但现实依然有很多艰辛，有时也会忍不住抱怨：薪水还没有做快递员时赚得多！纸媒衰落，记者根本不好做，说不定哪一天就没了饭碗。

电话通了，吴溪语站在暮色渐渐降临的天幕下，不等对方开口，便对电话另一头先说道：“还记得五年前我们的梦想吗？一定要去实现啊！永远不要放弃。”

一定要去实现啊！只是为了努力证明：我们还活着！

后记 | 再见，我的少女时代

再见，亦有重逢之意。

那天晚上，一个人走在回家的路上，春意里仍然带着冬天的气息，风吹在脸上，是冷的。

收到一个相识的人的信息，她说："绿姑娘，看完你的书了，有句话我不知道当不当说——对于爱情思考太多，是不好的。"

彼时，距离写那本书已经过去一年了，我对于感情的态度是随波逐流，任其自然的。从开始叫"夏不绿"那天起，就注定会在感情这条路上经历一些曲折，我把它当成人生的一种体验。年长的人不屑地笑我，那是因为你还年轻，二十五岁之前你都可以好好享受恋爱，说是体验人生，二十五岁之后都是在拿时间来赌。

我不知道该怎么回答，感情的事其实来来去去就那些，只是每个人的经历不同，看法便也不一样。比起这些，我更想去寻找生活里的另一个答案，可以有标准的答案。时间过得很快，一开年，似乎还没做什么，就呼啦啦地过去大半年，对于自身的不满也愈加强烈。受生活琐碎和自身情绪的影响，似乎总是没能够好好静下心来做一些事。到了新的一年，越发觉得时间紧迫，总觉得时间过得太快，再这样继续下去，会不会一把年纪的时候却一事无成?

其实也还算年轻，但确实称不上“少女”了，可每每跟朋友开玩笑或者介绍自己，还喜欢自称少女。喜欢别人用“美少女”这样的字眼——看上去好像会永远生机勃勃，永远炽热美好。

是从哪一刻起，发觉自己不再那么年轻的?大概是从前喜爱喝酒，后来只愿意跟喜欢的人在一起喝醉；可能是从前恨不得和好朋友手牵手一起上厕所，现在更加喜欢一个人待着；也是从过去那种凡事沉不住气的性格慢慢习得了一些冷静。

正如朱天心所写的那样：“昔时我极喜欢‘一杯看剑气，二杯生分别，三杯上马去’式的分道扬镳，于今觉得虽是意气风发，然终有一些负气的烟火味。我更喜欢六祖慧能的心平气和，他说的是‘此心本净，无可取舍，各自努力，随缘好去’。六祖言毕，徒众作礼而退。”

褪去青春时期少女那种青涩的情绪和感怀，开始逐渐走入成熟，开始凡事都不再如过去般偏激激烈。即使是在非常不喜欢的人面前，也能勉强硬着头皮和对方笑笑。把这种改变一并归为成长的范畴，却又忍不住讨厌起这种成长。

其实，我心里对少女的定义，从来不是年纪和容貌上的。这些都是转瞬即逝的东西，算不得评判标准。

少女，无关年纪，可以是可爱的、性感的、风骚的、天真的。她们永远富有“生”的活力和对生活的创造力。而少女的对立面，也无关年纪。她们已经放弃对生活的想象力，每天东家长西家短，看到哪个女的活得跟世俗定义的不一样，就要联合围攻她，非把别人也拉下水不可。

我想，所谓的少女，应是知世故而不世故，依然对喜欢的人喜欢的事物，温柔以待。

我希望我的一生也可以成为这样的人。虽然在年华上失去做少女的资格，但是心里仍然是对未来充满好奇和期待的，依然不想被这个世界改变成我讨厌的样子。

这书里依然有着爱情，但是爱情在书里和这些“少女们”相比已经失去了它本身的光彩。这本书讲的更多的是，在这充满烟火气息的生活里，这些少女们依然执拗地坚持着某一部分她们不愿意泯灭的东西。

这也是我从开始写作至今，终于明白的一件事：世界宽广，我们能够得到的还有很多。

我依然相信爱情，至死也信，但我更加愿意去成为一个特别的、永远不被一些东西改变的女人。

于重庆